COLLECTION
FOLIO CLASSIQUE

Franz Kafka

TOUS LES TEXTES PARUS
DU VIVANT DE KAFKA
II

Un artiste
de la faim
À la colonie pénitentiaire
et autres récits

Traduction nouvelle
préface et notes
de Claude David
Professeur à l'université de Paris-IV

Gallimard

© *Schocken Books Inc., 1948, renouvelé en 1975, pour*
Les Aéroplanes à Brescia,
Le Premier Grand Voyage en chemin de fer,
À la colonie pénitentiaire,
Un médecin de campagne
et Un artiste de la faim.
1946, renouvelé en 1975, pour
À cheval sur le seau à charbon.

© *Éditions Gallimard, 1980, pour la traduction française de*
Les Aéroplanes à Brescia
et Le Premier Grand Voyage en chemin de fer,
1990, pour la traduction française des autres récits,
pour la préface et pour les notes.

PRÉFACE

Le projet de cette édition est, rappelons-le, de
réunir tous les textes que Kafka avait laissé publier
de son vivant et ces textes seulement. Un premier tome
avait paru, intitulé « La Métamorphose et autres
récits ». Voici le deuxième et dernier. C'était une
œuvre fort discrète et de peu de volume ; on comprend
qu'elle ait pu échapper à l'attention des contempo-
rains. C'est au cours des ans et grâce à Max Brod que
la postérité allait la découvrir dans toute son ampleur.
Il n'empêche que l'essentiel était là, dans ces quelques
récits qu'il avait réprouvés moins que les autres et
qu'il avait accepté de faire paraître sous son nom.

Il n'y a pas si longtemps que les récits de Kafka
étaient encore traités comme des devinettes à déchiffrer. Comme on ne les comprenait pas, on leur prêtait
des sens cachés, on y cherchait des significations
allégoriques, on en faisait des grimoires. Jamais sans
doute la recherche littéraire ne s'était pareillement
égarée : on reste stupéfait quand, dans l'éloignement
du temps, on retrouve aujourd'hui ces élucubrations.
On eût dit qu'il y avait d'un côté tous les écrivains,

*qu'il fallait traiter avec respect et selon la raison, et,
de l'autre, Franz Kafka, avec qui on pouvait se
permettre tous les dévergondages. Un personnage du
Château apparaissait-il en train de repriser un bas,
ce bas était la botte italienne, et donc Rome, et donc le
Pape et donc la religion catholique, qu'on opposait à
la foi juive. Une pseudo-littérature s'était ainsi déve-
loppée pendant des années, qui était parvenue à
rendre suspecte, ou gratuite, ou illisible, l'œuvre
qu'elle avait eu la prétention d'honorer.*

*On n'en est plus là ; on a appris à lire Kafka. Le
temps a fait son œuvre, beaucoup mieux sans doute
que toutes les exégèses. On s'est aperçu que ce n'était
pas la complication de ces récits qui écartait les
masses et qui excitait l'ingéniosité des doctes ; c'était
au contraire leur simplicité extrême, la nudité de leur
contour, qui semblait refuser toute prise à l'interprétation. Un père raconte qu'il a onze fils et il fait en
quelques lignes le portrait de chacun d'eux ; sur quoi,
le récit s'arrête abruptement : comment accrocher un
sens à un texte aussi lisse ? Ou bien un mineur voit un
jour descendre au fond de la galerie onze ingénieurs,
dont il décrit, sans d'ailleurs les comprendre, les
gestes et le comportement. Que faire de cette simplicité ? Qui ne voit que, si l'on pouvait « traduire » ces
pures images dans le langage courant, non seulement
on les affadirait à l'extrême, mais on détruirait le
sens même qu'on voulait saisir. Aucune littérature
n'est moins ésotérique que celle-là : rien n'est caché,
tout est dit, le sens adhère de si près à l'image que ce
serait tout casser que de vouloir les séparer. L'auteur
lui-même n'en serait pas capable ; s'il le pouvait, ce*

serait le signe que l'image est mal faite et que l'invention est boiteuse. Il arriva, par exemple, que Max Brod, qui ne comprenait pas le récit « Onze Fils », demanda à Kafka de le lui expliquer. Comment répondre ? Comment détruire une fiction si parfaite ? Un poète ne peut expliquer la poésie qu'il vient d'écrire, si toutefois elle est bonne. Que faire ? Kafka n'eut pas d'autre ressource que de mentir : il dit à Max Brod qu'il s'agissait de onze histoires qu'il venait tout juste de terminer. La réponse n'avait manifestement aucun sens : mais, comme la critique préfère d'ordinaire les commentaires aux œuvres, parce qu'ils sont plus faciles à comprendre, on prit à la lettre le propos de Kafka ; on chercha les onze récits et, bien entendu, on les trouva ; car, dans ce genre de recherche où aucun contrôle n'est possible, on est sûr de gagner à tout coup. Il y eut même plusieurs identifications, parfaitement contradictoires entre elles, mais qui avaient toutes cependant leur dose de vraisemblance. On avait seulement oublié un texte admirable ou, plutôt, on l'avait saccagé.

Rien n'est caché, tout est dit, et de la manière la plus simple. La clé est donnée en même temps que le secret. Et pourtant, on pourrait dire aussi bien le contraire, qui ne serait pas moins vrai. L'image n'épuise rien, elle indique seulement une direction à suivre. L'auteur lui-même ne sait pas jusqu'où elle peut mener. Contrairement aux significations ésotériques, qu'on lui avait faussement prêtées et qui se laissaient si aisément cerner par les mots, ces images ouvrent une route sans fin. Même quand le texte est apparemment achevé, il n'est jamais clos : il ouvre un *chemin indéfini, où le lecteur, à son tour, est invité à s'engager. S'ils enseignaient des vérités, ces récits n'auraient évidemment pas ces prolongements indéfinis. Mais ils formulent des interrogations; ils enserrent le mystère sans l'épuiser; ils le signalent et l'approfondissent. Les sens cachés qu'on leur prêtait, loin d'expliquer, obscurcissaient; ils trahissaient l'intention de l'écrivain, ils méconnaissaient son projet et son art.*

Mais, puisque ces errements ont cessé et qu'il n'est plus personne aujourd'hui qui ne sache lire Kafka, le commentaire qui va suivre sera pour l'essentiel historique. Et, comme les textes qui constituent ce deuxième et dernier volume s'étendent sur une durée de quinze années, il sera possible d'apercevoir l'évolution de sa manière et les formes de son art, beaucoup plus diverses qu'on ne le suppose parfois.

Les deux premiers récits constituent, au vrai sens du mot, des « hors-d'œuvre », en marge de la vraie création littéraire et, par la suite, également réprouvés l'un et l'autre par leur auteur. Le premier des deux lui fut littéralement extorqué par Max Brod. En 1909, Kafka, comme il le fit encore les trois années suivantes, passe ses vacances d'été avec Max Brod. Ils sont, cette année-là, à Riva, sur le lac de Garde; et de là, ils décident d'aller à Brescia assister à un meeting d'aviation. Max Brod rappelle dans sa biographie de Kafka le goût de celui-ci pour l'actualité et pour la technique. Mais il a, en même temps, un autre projet en tête. Comme l'activité littéraire de Kafka s'était, à cette époque, entièrement tarie (c'est le moment où il est employé aux Assicurazioni generali, *dont le*

*rythme de travail lui interdit toute production person-
nelle), Max Brod l'invite à rédiger en même temps que
lui un article sur cet événement : « En lui faisant
cette offre », écrit-il, « j'agissais avec préméditation.
Les travaux littéraires de Franz restaient à l'époque
en souffrance, il n'avait rien produit depuis des mois
[...]. Je voulais lui prouver que ses craintes au sujet de
sa stérilité littéraire n'étaient pas fondées ». Il envoya
donc au quotidien pragois* Bohemia *le petit texte de
Kafka, qui fut accepté et parut le 28 septembre 1909.
Par la suite, Max Brod conçut encore le projet de
publier à nouveau l'article de Kafka, en même temps
que le sien, dans un recueil de textes, qui reçut le titre*
De la beauté des images laides. *Le livre était déjà en
placards, quand l'éditeur, trouvant qu'il était trop
long, proposa de supprimer les deux articles. Kafka,
qui n'acceptait que de très mauvaise grâce cette
réimpression (« Il veut prendre à nouveau mon
" Brescia " pour son livre. Tout ce qu'il y a de bon en
moi s'y oppose ») ne put que se réjouir de cette
décision. Le lecteur d'aujourd'hui est sensible à la
fois à l'alacrité du récit de Kafka et à la sorte de
naïveté qui l'inspire. Mais les exercices littéraires
étaient si éloignés des projets de Kafka qu'il consi-
déra toujours avec irritation ce compte rendu journa-
listique, en regrettant d'avoir cédé trop facilement
aux instances de Max Brod.*

*Le second texte, qui devait être intitulé « Le
Premier Grand Voyage en chemin de fer », lui inspira
autant de regrets, mais, cette fois-là, il était lui-même
le responsable de l'affaire. En 1911, deux ans après
le voyage à Riva et à Brescia, Kafka se dispose à*

nouveau à partir avec Max Brod pour un nouveau périple, qui, après quelques hésitations dues à une épidémie de choléra, devait les mener, à travers la Suisse, jusqu'à Milan et Paris. Kafka avait eu, au moment de partir, l'idée d'un roman écrit en commun par lui-même et par Brod, qui relaterait les incidents du voyage. Le roman devait s'intituler Richard et Samuel, *selon les prénoms fictifs attribués aux deux voyageurs. À peine parti, cependant, il comprend — et le note dans son Journal — que le projet est boiteux, car il poursuit deux objectifs à la fois : d'une part celui d'évoquer les pays traversés, avec leurs paysages et leurs curiosités ; d'autre part, celui d'opposer l'un à l'autre les deux voyageurs, avec leur caractère, leurs manies, leurs singularités. Belle occasion pour Kafka d'exagérer à dessein ses propres défauts et ses lubies ; le projet prévoyait enfin qu'on feindrait à Paris une dispute entre les deux amis, qui devait être suivie d'une réconciliation. Et surtout, Kafka avait surestimé la conformité intellectuelle entre Brod et lui : lorsqu'il fallut confronter les ébauches pour aboutir à un texte commun, les difficultés apparurent ; il y eut plusieurs séances de travail, au cours desquelles Kafka se plia malaisément aux exigences et au goût de son collaborateur et ami. Le roman, qui devait illustrer une amitié, avait abouti à en souligner les incompatibilités et les dissonances. Plusieurs chapitres étaient prévus à l'origine, on s'en tint à un seul, qui s'arrête à Zurich et qui parut, en mai 1912, dans la revue pragoise* Herder-Blätter. *Quatre ans plus tard encore, Kafka écrivait à Max Brod : « Tu as toujours eu, je le sais, un faible pour* Richard et Samuel. *Ce fut une époque merveilleuse, en effet; mais pourquoi eût-ce dû être aussi de la bonne littérature? »*

Entre « *Le Premier Grand Voyage en chemin de fer* » et « *À la colonie pénitentiaire* », trois années se sont écoulées, qui sont un tournant essentiel dans l'évolution de Kafka. C'est au cours de ces trois années qu'il écrit « *Le Verdict* » et « *La Métamorphose* » ainsi que Le Procès. Le récit est rédigé en quelques jours en octobre 1914, au moment où il renonce à achever son roman. Il fut généralement mal reçu quand Kafka en donna lecture à l'époque; sans doute n'était-on pas encore préparé à accepter la nouveauté d'une telle invention; et les rares jugements qui parurent dans la presse, même quand ils n'étaient pas défavorables à l'extrême, passaient manifestement à côté du sens; l'un d'eux, le moins hostile de tous, ne prétendait-il pas que l'œuvre « *ignorait les questions et les doutes* »?

Comme « *La Métamorphose* » et comme plusieurs chapitres du Procès, « *À la colonie pénitentiaire* » est un texte pathétique et violent. Les thèmes sado-masochistes y abondent, les nerfs du lecteur n'y sont pas ménagés. Une machine de torture, inspirée du Jardin des Supplices d'Octave Mirbeau, occupe le centre du récit. Un coup de théâtre expressif constitue la matière de l'histoire. Il n'y a dans le déroulement des événements aucune place pour l'humour. C'est la manière de Kafka au début de ses grands récits : « *À la colonie pénitentiaire* » en est le dernier témoin.

En même temps cependant, il abandonnait les cadres naturalistes des textes précédents : à l'atmo-

sphère confinée d'une famille de petite bourgeoisie, occupée par les soucis domestiques et par l'argent, il substitue un paysage exotique ou imaginaire. Sur ce point, il ne reviendra plus jamais en arrière ; son art prend ici un tournant décisif.

Et cependant, « À la colonie pénitentiaire » reste, par son sujet, très proche des récits précédents, en particulier du Procès. *Dans* Le Procès, *Josef K. est confronté aux deux personnages antagonistes de Huld et de Titorelli : d'un côté, le témoin de croyances périmées, de l'autre un anarchiste sans foi ni loi, le représentant de l'agnosticisme des temps nouveaux. L'intrigue de « À la colonie pénitentiaire » place le Voyageur dans une situation identique : il est appelé à arbitrer entre les mœurs cruelles, héritées du temps de l'Ancien Commandant et les « droits de l'homme », introduits par son successeur. D'un côté, des pratiques inacceptables, que le Voyageur ne peut que condamner sans nuance, maintenant qu'a disparu la foi qui les avait fait naître. Mais ce qui a succédé aux temps de la foi n'est que veulerie et bassesse, que le Voyageur ne peut admettre davantage. L'histoire ne peut de la sorte que rester suspendue sans conclusion et Kafka ne peut imaginer qu'un épilogue assez étrange : le Voyageur part (pourquoi ?) à la recherche de la tombe de l'Ancien Commandant ; il la trouve dissimulée dans un mauvais lieu ; une épitaphe prophétise la résurrection du vieil homme et le retour des anciennes croyances. Cette fin s'accordait assez mal au reste du récit et Kafka n'en fut jamais satisfait. Au moment où il fut question d'éditer le récit, en 1917, il tenta, mais sans succès, d'imaginer un épilogue nouveau. Finalement, le texte parut en 1919 dans sa forme ancienne, tel qu'il avait été conçu en 1914.*

Le recueil qui parut en 1919 sous le titre Un médecin de campagne. Petits récits, *que Kafka dédia à son père, se compose de quatorze histoires. On ignore, pour la plupart d'entre elles, la date exacte de leur rédaction. Deux seulement, « Devant la Loi » et « Un rêve » étaient anciennes. Elles étaient l'une et l'autre des fragments détachés du* Procès, *les deux seuls que Kafka, de son vivant, ait livrés au public. Tous les autres récits du recueil semblent avoir été écrits entre les derniers mois de 1916 et l'été de 1917. Certains étaient extraits d'un ensemble plus vaste, dont les lecteurs d'alors ne pouvaient pas soupçonner l'existence : c'est ainsi que le récit intitulé « Un message impérial » est un fragment détaché d'une assez longue histoire, que nous connaissons aujourd'hui sous le titre « Lors de la construction de la muraille de Chine ». Mais, alors que, dans ce texte, les réflexions se mêlent librement aux légendes et aux récits, Kafka livre au public une parabole ou un épilogue dépouillé de tout commentaire et de tout appareil intellectuel. Il en va de même de la célèbre histoire du Gardien de la porte qui est suivie dans* Le Procès *d'une longue exégèse : elle est livrée ici dans toute sa nudité ; le mystère est entier et, sans contexte, plus expressif.*

L'art de Kafka dans ces textes du milieu de sa production est devenu plus exigeant. Les procédés pathétiques et cruels des premiers récits ont disparu ;

l'auteur agit moins sur les nerfs, beaucoup plus sur l'intelligence. Le destin personnel de Kafka, ses conflits intimes cessent d'être le thème unique de sa littérature. (« À la colonie pénitentiaire » était auparavant le seul récit qui fît exception) et, quand maintenant il parle de lui, il le fait avec tant de discrétion et en se masquant avec tant de soin qu'on ne le reconnaît plus. Le vécu cesse de revendiquer le premier plan : une distance s'établit, qui autorise l'humour. Kafka retrouve la brièveté expressive des petits textes de jeunesse dans le recueil Regard *: mais, au lieu de « sketches » saisis sur le vif, ce sont maintenant des récits soigneusement concertés et d'une écriture raffinée. C'est une phase toute nouvelle. Kafka n'attachait cependant pas plus de prix à ces récits qu'à ses autres histoires et aurait volontiers renoncé à leur publication. Si le recueil avait à ses yeux quelque valeur, c'est seulement parce qu'il avait résolu de le dédier à son père. Pour un seul de ces textes, il marque un peu plus de tendresse que pour les autres : pour celui qui donne son titre à l'ensemble, « Un médecin de campagne ». Au bord du cauchemar, entrecoupé de thèmes fantastiques, ménageant des zones d'ombre qui échappent au rationnel, le récit réalisait la forme dont Kafka avait toujours rêvé et qu'il avait cependant si rarement pratiquée : il l'avait réussie une fois, à sa surprise et pour son propre émerveillement, dans « Le Verdict ». Depuis, il avait fait entrer dans ce qu'il écrivait beaucoup plus de calcul et d'intention. Ici se mêlent, dans un contrepoint mal déchiffrable, quelques-uns de ses thèmes familiers : la sexualité trahie (avec la* *figure du palefrenier brutal et de la servante Rose, rose comme la plaie du malade que le médecin était venu soigner)* ; puis l'impuissance de la vocation : comment le médecin (l'écrivain ?) pourrait-il guérir un patient lorsqu'il souffre du même mal que lui, du même dégoût de vivre, qui est le signe de l'époque où nous sommes ? À la fin de l'histoire, le médecin, dépouillé de ses vêtements, est devenu la risée de ceux qu'il prétendait aider. C'est à propos de ce récit que Kafka note dans son Journal, à la fin de septembre 1917 : « Je puis encore tirer une satisfaction passagère de travaux comme ceux-là (à supposer, ce qui est improbable, que je parvienne à en écrire d'autres). Mais le bonheur, je ne pourrai l'avoir que si je réussis à soulever le monde pour le faire entrer dans le vrai, dans le pur, dans l'immuable. » Ce bonheur-là ne lui était manifestement pas destiné ; l'écriture le ramenait, quoi qu'il fît, vers le trop-humain, vers la misère du quotidien. La littérature est pour Kafka ce double mouvement : la recherche de l' « indestructible » et la perpétuelle retombée. Le médecin de campagne, lui aussi, est traîné jusqu'à la fin des temps à travers un désert de neige, à la fois par « des chevaux qui ne sont pas d'ici-bas », et par une « carriole terrestre ».

« Nu, exposé au froid de cet âge parmi tous infortuné... » Ainsi s'achève l'histoire du médecin de campagne. D'autres récits du même recueil dessinent l'image de cet âge infortuné où nous sommes. Tantôt, il est morne, sans grandeur, sans horizon — et c'est l'histoire de l'avocat Bucéphale : que peut faire de mieux le cheval de bataille d'Alexandre le Grand, que de compulser les livres du passé ? Tantôt le présent est barbare et cruel ; des nomades du Nord ont envahi la ville et campent jusque sous les fenêtres du palais impérial ; l'Empereur est devenu invisible ; c'est maintenant aux paysans et aux ouvriers qu'il revient d'assurer le salut de l'État ; mais qui leur donnera la force d'affronter de pareils périls ? C'est l'histoire que relate « Un vieux parchemin ». La même cruauté apparaît avec peut-être plus de force encore dans le petit récit intitulé « Un fratricide » : c'est l'histoire d'un crime, dont les mobiles sont passés sous silence ; il n'en reste que la gesticulation ; tout paraît accordé comme un ordre nécessaire ; chacun est à sa place et joue son rôle, le meurtrier comme la victime, comme aussi le voisin, à la fois indifférent et avide de spectacle ; tout paraît organisé pour le mal et l'absurde, comme une Providence à l'envers. Et le pire est sans doute que ce monde intolérable est accepté et même choyé : on s'engagerait volontiers pour porter secours à ceux qui souffrent, mais que faire, s'ils aiment leur destin ? on ne peut plus que verser des larmes inutiles : c'est ce que raconte « Le Spectateur de la galerie », en se servant des images cruelles et grotesques du cirque.

Dans d'autres récits de la même série, l'auteur intervient davantage, avec sa vie et ses problèmes, mais il porte un masque et il faut maintenant chercher un peu pour le trouver. C'est ce qui se passe dans la « Communication à une académie », qui est comme une « Métamorphose » à l'envers : dans le grand récit de 1914, le héros s'enfermait chaque jour un peu plus dans la solitude, il s'identifiait toujours davantage à sa condition de bête ; ici, au contraire, une bête s'apprivoise, s'humanise, s'accommode de toutes les mœurs humaines, qui ne lui inspiraient d'abord que du dégoût. *Cinq ans avaient passé depuis sa capture dans les forêts de la Côte de l'Or ; il ne pouvait continuer de la sorte, il lui fallait trouver une issue.* Quand Kafka, en 1917, écrit ce récit à l'humour grinçant, il y a cinq ans qu'il traîne derrière lui ses amours malheureuses avec Felice Bauer ; lui aussi doit trouver une issue (il vient de se fiancer, pour la deuxième fois) ; il s'accommode, lui aussi, de la banalité du mariage, auquel il aspire et qu'en même temps il redoute. Mais les drames personnels n'apparaissent plus que sous une forme discrète, sans l'éloquence pathétique des premiers récits. Et faut-il — ce n'est pas sûr — chercher une cruelle caricature de l'auteur dans l'inquiétant personnage d'Odradek, inutile, indigne de vivre, et sans doute indigne aussi de mourir ? L'insignifiante créature ne peut que provoquer « le souci des pères de famille ».

D'autres récits du même recueil de 1919 s'engagent dans une autre direction, plus métaphysique. C'est le cas de la parabole du Gardien de la porte (« Devant la Loi »), maintes fois commentée depuis par les exégètes de Kafka : pour chacun une Loi est préparée, dont on voit briller la lumière sous la porte ; mais aucun ne parvient à franchir le seuil. Il n'a omis pourtant aucun effort, il n'a pas de reproches à se faire : quoi qu'il ait fait, il était destiné à rester séparé de la Loi qui le concerne. Comme dit Kafka, à peu près à la même époque, dans un de ses aphorismes les plus fameux : « Il y a un but, mais il n'existe aucun chemin qui y mène. » Et c'est la même

*idée d'une distance infinie qui est reprise dans « Un
message impérial » : à chacun de ses sujets l'Empereur de Chine adresse un message, qui ne vaut que
pour lui ; mais la route est si longue, les obstacles si
nombreux, que la missive ne parvient jamais à son
destinataire ; si elle arrivait jusqu'à lui, d'ailleurs, ce
ne serait plus que la pensée d'un Empereur depuis
longtemps défunt. Que peut faire le lointain sujet
dans sa province, sinon rêver à sa fenêtre d'un
message qu'il ignorera toujours ? Et c'est une pensée
toute voisine qu'exprime aussi le plus court de tous
ces récits, « Le Plus Proche Village » : ici la distance
paraît minime et pourtant le village voisin ne sera
jamais atteint, car, quoi que nous fassions, nous
restons fixés là où nous sommes ; tout notre effort
n'est jamais qu'un « assaut immobile ». Depuis que le
monde est monde, il ne s'est encore rien passé ; toute
l'histoire n'est qu'un piétinement sans progrès ; le
même combat stérile se répète depuis le commencement des temps.*

*Et l'on ne s'abuse sans doute pas, si l'on rattache à
la même série les deux récits si simples d'allure et, à
cause de cela, si secrets, que sont « Une visite à la
mine » et « Onze Fils ». Un père parle de ses onze
fils : en chacun d'eux, il démêle qualités et défauts ;
il suffit parfois d'un défaut très minime pour rejeter
dans l'ombre les talents les plus rares ; certains de ces
fils sont innocents, mais parfois aussi « trop innocents » ; le père pèse les mérites et les torts sur une
balance capricieuse et imprévisible. À tel de ses
enfants qui lui est fidèlement attaché, il peut préférer
le rebelle, qui s'est détourné de lui. Qui pourrait*

deviner les décrets d'un amour si secret, si souveraine-
ment maître de ses choix ? Kafka n'en dit pas plus, et
rien n'interdit de penser qu'il décrit ici seulement le
père d'une famille nombreuse. Le lecteur pourtant est
tenté de ne pas se satisfaire d'une explication aussi
courte. Le père ne figure-t-il pas ici le Créateur, qui
ne rejette assurément aucune de ses créatures, mais
qui distribue entre elles sa faveur et son amour selon
des critères à jamais indéchiffrables ici-bas ? Qui
pourrait se vanter de connaître le jugement du Père ?
et comment faire pour être sûr de lui plaire ?

La « Visite à la mine » exprime, avec des images
toutes différentes, une pensée voisine. Ces onze
ingénieurs qui sont descendus au fond de la mine
agissent chacun selon leur goût ou leur caprice. Des
mesures qu'ils prennent ce jour-là dépend pour de
longues semaines sans doute le travail des mineurs.
Mais que dire de leurs gestes ? Nous n'y pouvons
déceler aucun sens, aucune méthode. Faut-il dire que
le monde est régi par des forces incohérentes, dont
chacune ignore ce que fait la voisine ? Ou bien y a-
t-il, derrière l'apparent désordre, un ordre secret, que
nous ne pouvons pas discerner ? Kafka se livre dans
ces quatre récits au moins à une sorte de fantaisie
théologique, à une libre réflexion, dans laquelle ses
interrogations et ses doutes trouvent place.

Un de ces récits de 1917 est peut-être de tous celui
dont le sens reste le plus incertain : c'est celui qui est
intitulé « Chacals et Arabes ». Il est certain que les
chacals accumulent tous les vices : ils sont à la fois
haineux et lâches, hypocrites et flatteurs, veules et
avides. La pureté dont ils se targuent ne parvient pas

à cacher leur turpitude. En face de la vitalité tranquille des Arabes, ils ne peuvent inspirer que de la répulsion. Mais on est encore mal armé pour les identifier avec certitude : s'agit-il d'une des innombrables auto-caricatures de l'auteur ? Ou bien pense-rait-il aux Juifs (auquel cas ce texte sarcastique tiendrait une place unique dans son œuvre ?). Pour l'instant, il faut ici rester prudent.

Aux quatorze récits du recueil Un médecin de campagne, *un quinzième devait primitivement s'ajouter. Kafka l'écarta finalement de la publication et ne le laissa paraître qu'en 1921 dans le journal* Prager Presse. *C'est le petit texte intitulé « À cheval sur le seau à charbon ». Le héros de l'histoire reste suspendu entre ciel et terre ; mais quand la femme du charbonnier lui refuse l'humble pelletée de houille qu'il réclame, il n'y a plus pour lui aucune place sur la terre, il ne lui reste plus qu'à « s'envoler vers les cimes glacées » et à s'y perdre à jamais.*

« Le Souci du père de famille » — apparemment le dernier composé de ces petits récits — est mentionné pour la première fois dans une lettre de Kafka à son éditeur le 20 août 1917. Dix jours plus tôt s'était produite l'hémoptysie qui révélait la maladie. Une nouvelle période s'ouvre dans la vie de Kafka. Il compose encore quelques très courts récits (« La Vérité sur Sancho Pança », « Le Silence des Sirènes ») qu'il ne songe pas à publier, puis se livre pendant un temps (jusque dans les premiers mois de 1918) à des réflexions religieuses, qui le conduisent à rédiger une série d'aphorismes. Après quoi s'ouvre une longue période de silence, qui dure quelque dix-

huit mois et qui mène jusqu'à l'automne de 1920. Il se remet alors à écrire, mais tous ces textes, dont la plupart restent fragmentaires, demeurent dans ses cartons et ses tiroirs. C'est surtout dans la production de cette période que les éditeurs posthumes iront puiser, lorsqu'ils s'aviseront de révéler au public ceux des inédits de Kafka qui avaient atteint — ou presque — la forme d'un récit achevé. Parmi ces textes de 1920, certains sont devenus depuis familiers aux lecteurs de Kafka, comme « Les Armes de la ville », « La Requête », « Au sujet des lois » ou « La levée de troupes ». Mais Kafka ne publie rien ; le contact entre le public et lui est entièrement rompu. Et Max Brod est maintenant moins présent pour l'aiguillonner et pour vaincre ses résistances. Il faudra attendre une vingtaine d'années pour que ces écrits sortent de l'ombre où Kafka les avait confinés.

Et on arrive ainsi aux dernières années. À partir de 1922, au milieu du pire délabrement physique et moral, Kafka retrouve un sursaut d'énergie et, sans doute pressentant sa fin, il se remet à produire. Autant son séjour à Matliary, dans les Tatra, en 1921, avait été stérile et désolé, autant, dès les premiers mois de 1922 et jusqu'à l'heure de sa mort, il se reprend à écrire. On dirait qu'il s'est enfin accepté tel qu'il est ; il a compris que son talent, s'il en a un, n'est pas séparable de ses infirmités et de ses misères ; dans une sorte de second souffle, trouvé au-delà du désespoir et du mépris de soi-même, Kafka redevient écrivain. Ses deux dernières années comptent parmi les plus fécondes de sa vie. Mais des œuvres princi-pales qu'il écrit au cours de ses derniers mois, Le

Château, « *Le Terrier* », les « *Recherches d'un chien* », aucune n'est publiée. La littérature est plus un dialogue avec lui-même qu'une ouverture vers autrui.

Cependant, les temps sont durs ; les maisons de repos et les sanatoriums où il vit coûtent cher ; il faut tirer quelque argent de la publication d'un nouveau livre. Kurt Wolff, l'éditeur habituel de Kafka, se montre peu empressé à publier encore un de ces ouvrages qui se vendent si mal. Et Max Brod négocie avec une maison berlinoise, die Schmiede. Kafka corrige encore les épreuves sur son lit d'agonie, mais le livre ne paraît qu'après sa mort. Il porte le titre Un artiste de la faim (Ein Hungerkünstler).

Kafka, pour son dernier livre, n'avait pas choisi le meilleur de sa production récente : sur les quatre récits qui composent le volume, deux au moins ne comptent certainement pas au nombre de ses réussites majeures. On dirait qu'il craint maintenant de livrer au public le plus intime de lui-même. Personne ne comptera sans doute au nombre de ses grandes inventions l'histoire du trapéziste qui exige un deuxième trapèze pour s'y tenir (« *Première Souffrance* »). Et même la peinture d'un cas de manie de la persécution, où le narrateur, méconnaissant le mal dont il souffre, s'invente une ennemie imaginaire (« *Une petite femme* »), témoigne peut-être de plus d'habileté que de profondeur, encore que ce récit tardif contienne une étrange analyse du cheminement de la folie, dans lequel s'entend comme un écho de certains passages du « *Terrier* », de peu de semaines postérieur.

Mais le dernier recueil de Kafka contient aussi deux textes majeurs. « Un artiste de la faim » (parfois traduit également « Un champion de jeûne ») est un des portraits les plus profonds et les plus cruels que Kafka ait laissés de lui-même. Il y met en question l'existence ascétique que, par faiblesse et par goût, il avait toujours menée ; il en souligne les contradictions et la mauvaise foi ; il suffit, à la fin, de l'arrivée d'une splendide bête fauve pour qu'éclatent aux yeux de tous les vertus de la vitalité. Mais il n'y a pas que du sarcasme dans le récit : c'est en même temps, au travers de ces images burlesques, une histoire de la vie spirituelle, de moins en moins acceptée dans le monde d'aujourd'hui, rejetée en marge, bafouée. Encore que ce soit dans la solitude et l'oubli que l'artiste de la faim batte ses propres records de jeûne, comme si les temps de matérialisme étaient finalement, en dépit des apparences, les plus propices à la vie spirituelle.

Le champion de jeûne était, à sa manière, un artiste qu'on exhibait dans les spectacles de variétés. Et c'est encore sur l'image d'une artiste que s'achève l'œuvre de Kafka. Joséphine, l'héroïne du récit « Joséphine la cantatrice et le peuple des souris », est un petit personnage plein de coquetterie et de morgue. Pourtant, son chant, dont elle est fière, est à peine différent du couinement ordinaire des souris. On se rend à ses concerts, et cependant, chez un peuple menacé de mille périls, on s'adonne peu à la musique ; c'est à peine si on la comprend encore. On aime bien Joséphine, comme une sorte de célébrité nationale, mais cela n'empêche pas le public de se moquer un peu d'elle et de ses prétentions. C'est un art de fin des temps que Kafka évoque dans son récit. Le moment n'est plus aux chants des ancêtres, au lyrisme, à la grande musique : l'âge est venu de la sobriété et de la prose. À quoi peut encore servir l'art dans la sécheresse du monde d'aujourd'hui ? Et pourtant, quand Joséphine ne sera plus, il n'y aura personne pour tenir sa place et quelque chose d'irremplaçable aura disparu. Si ténu que soit le chant de Joséphine, il invite au recueillement ; un peu de l'esprit d'enfance et des temps d'autrefois se réveille ; il arrache à la banalité du quotidien.

Qui irait imaginer que, dans ce personnage arrogant et odieux, dans cette misérable idole des foules, Kafka ait voulu dessiner son propre destin ? Et pourtant, il y a plus d'un trait commun entre Joséphine et lui. Lui aussi ne fait entendre dans ses récits qu'un modeste couinement, car qui pourrait aujourd'hui élever la voix davantage ? Lui aussi pratique un art de fin des temps. Et pourtant cet art a encore son sens et sa raison d'être. Ne dirait-on pas qu'à travers ce récit plein d'ironie, Kafka, pour une unique fois, se cherche humblement une justification ?

Un artiste de la faim

et autres récits

LES AÉROPLANES À BRESCIA[1]

La *Sentinella Bresciana* du 9 septembre 1909
annonce avec enthousiasme : « Nous avons en ce
moment à Brescia une foule comme on n'en avait
jamais vu, même pas au moment des grandes courses
d'automobiles ; les voyageurs venus de Vénétie, de
Ligurie, du Piémont, de Toscane, de Rome et même
de Naples, les grandes personnalités venues de
France, d'Angleterre, d'Amérique se pressent sur nos
places, dans nos hôtels, dans les moindres recoins
chez l'habitant : les prix montent à n'y pas croire ; les
moyens de transport ne suffisent pas à mener la foule
jusqu'au *circuito aereo* ; les restaurants du champ d'aviation sont en mesure d'approvisionner parfaitement
deux mille personnes ; mais devant ces milliers de visiteurs, ils doivent déclarer forfait ; il faudrait la troupe
pour protéger les buffets ; cinquante mille personnes
sont debout toute la journée aux places bon marché. »
La lecture de ces informations nous inspire, à mes
deux amis et à moi-même, à la fois du courage et de la
peur. Du courage : car, lorsqu'il y a une affluence
aussi terrifiante, tout se passe d'ordinaire de façon

fort démocratique, et là où il n'y a pas de places, on est dispensé d'avoir à en chercher une. De la peur : peur de l'organisation italienne pour une entreprise telle que celle-là, peur des comités qui prendront soin de nous, peur des chemins de fer, auxquels la *Sentinella* attribue glorieusement des retards de quatre heures. Tout ce que nous attendons se révèle faux, tous nos souvenirs d'Italie se contredisent dès le départ, se mélangent, on ne peut se fier à eux.

Dès que nous arrivons dans le trou noir de la gare de Brescia, où les gens hurlent comme s'ils marchaient sur un sol brûlant, nous prenons gravement l'engagement, quoi qu'il arrive, de ne jamais nous séparer. N'arrivons-nous pas avec une sorte d'esprit d'hostilité ?

Nous descendons ; une voiture qui parvient à peine à se tenir sur ses roues nous recueille ; le cocher est de très bonne humeur ; nous nous rendons par des rues presques vides jusqu'au palais du Comité, où l'on traite par le mépris notre secrète malveillance ; nous apprenons tout ce que nous avons besoin de savoir. L'auberge vers laquelle on nous dirige nous paraît à première vue la plus sale de toutes celles que nous avions vues jusqu'alors, mais nous trouvons bientôt que ce n'est pas si grave. Une saleté bien installée, dont on ne parle plus, une saleté qui ne change plus, qui appartient aux lieux où elle se trouve, qui rend la vie humaine en quelque sorte plus sérieuse et plus terrestre, une saleté d'où notre hôtelier émerge en toute hâte, fier de lui, humble envers nous, nous prenant à tout moment par le coude et projetant sans cesse avec ses mains (chaque doigt est un compli-

ment) de nouvelles ombres sur son visage, avec des
flexions du buste que nous reconnaîtrons tous plus
tard sur le champ d'aviation, par exemple chez
Gabriele D'Annunzio ; vraiment, dans de telles conditions, qui aurait encore quelque chose sur le cœur
contre cette saleté ?

Le champ d'aviation se trouve à Montechiari, qu'on
peut atteindre en une petite heure par la ligne
d'intérêt local qui mène à Mantoue. Cette ligne
d'intérêt local s'est réservé sur la route commune une
petite bande munie de rails, où elle fait modestement
passer ses trains exactement au même niveau que le
reste du trafic, au milieu des cyclistes qui roulent dans
la poussière, les yeux presque fermés, au milieu des
voitures à chevaux, tout à fait inutilisables, de la
province entière — lesquelles recueillent autant de
passagers que l'on veut et roulent à une rapidité qu'on
ne parvient pas à s'expliquer — et au milieu des
automobiles parfois gigantesques, dont on dirait que,
livrées à elles-mêmes, elles vont littéralement capoter
à l'instant suivant, avec les multiples signaux qu'elles
échangent et qui, dans la vitesse, donnent l'impression d'avoir perdu la tête.

De temps en temps, on perd totalement l'espoir de
parvenir jamais avec ce train lamentable jusqu'au
circuito. Mais on rit tout autour de nous, de droite et
de gauche les éclats de rire pénètrent dans le train.
Je suis sur la plate-forme, pressé contre un géant,
debout, les jambes écartées sur les soufflets entre deux
wagons, sous une douche de suie et de poussière, qui
tombe du plafond des voitures doucement secouées.
Deux fois le train s'arrête pour attendre un train qui

vient en sens inverse, aussi patiemment et aussi
longtemps que si cette rencontre n'était due qu'au
hasard. Quelques villages défilent lentement, des
affiches criardes du dernier meeting automobile
apparaissent çà et là sur les murs, toutes les plantes au
bord de la route sont méconnaissables sous leur
couche de poussière blanche, qui a pris la couleur des
feuilles d'olivier.

Comme il ne peut pas aller plus loin, le train
s'arrête définitivement. Un groupe d'automobiles
freine au même moment, nous apercevons à travers
un nuage de poussière un grand nombre de petits
drapeaux qui battent dans le vent non loin de nous ;
nous sommes retenus encore par un troupeau de
bœufs qui, désemparé, trébuchant sur le sol inégal,
court littéralement se jeter dans les automobiles.

Nous sommes arrivés. Devant l'aérodrome s'étend
encore une vaste place avec de petites cabanes de bois
suspectes, sur lesquelles on s'attendrait à trouver de
tout autres inscriptions que : Garage, Grand Buffet
international ou autres choses semblables. D'énormes
mendiants, devenus obèses dans leurs petites voitures,
tendent le bras vers nous jusqu'au milieu du chemin ;
on est tenté dans la précipitation de sauter par-dessus
eux. Nous dépassons beaucoup de gens, beaucoup de
gens nous dépassent. Nous regardons en l'air, puisque
c'est en l'air que tout doit se passer. Dieu merci,
personne n'a encore pris le départ ! Nous ne cédons
pas d'un pouce et pourtant nous ne nous faisons pas
écraser. Entre les milliers de véhicules, derrière eux,
devant eux évolue la cavalerie italienne. L'ordre est
impossible, impossibles aussi les accidents.

Un soir, à Brescia, nous voulions nous rendre rapidement dans une rue qui, selon nous, devait être assez éloignée. Un cocher demande trois lires, nous en offrons deux. Le cocher renonce à la course et, par pure amitié, nous décrit la distance épouvantable qui nous sépare de cette rue. Nous commençons à avoir honte de la somme que nous avions proposée. Soit, trois lires. Nous montons ; en trois tours de roue par de petites rues, nous sommes là où nous voulions aller. Otto, plus énergique que les deux autres, déclare qu'il n'a pas du tout l'intention de payer trois lires pour une course qui a duré une minute. Une lire était plus qu'il ne fallait. Voilà une lire. Il fait déjà nuit, la ruelle est déserte, le cocher est robuste. Il se prend de colère, comme si la discussion durait déjà depuis une heure : Quoi ? — C'était un vol. — À quoi pensions-nous ? — On s'était mis d'accord sur trois lires, il fallait payer trois lires, trois lires tout de suite, ou bien nous allions voir. Otto : « Le tarif ou la police ! » Le tarif ? Il n'y avait pas de tarif. — Où existait-il un tarif pour cela ? — On s'était mis d'accord pour une course de nuit ; mais si nous lui donnions deux lires, il nous laisserait partir. Otto, d'un ton terrifiant : « Le tarif ou la police ! » On crie encore un peu, on cherche, finalement on sort un tarif, où l'on ne voit rien d'autre que de la crasse. Nous nous mettons donc d'accord sur une lire cinquante et le cocher continue sa route par la ruelle étroite, où il ne peut pas tourner ; non seulement furieux, me semble-t-il, mais mélancolique aussi. Car nous ne nous sommes malheureusement pas comportés comme il fallait ; on n'a pas le droit de se conduire ainsi en Italie ; ailleurs peut-être, mais pas

ici. Mais comment penser à tout cela sur-le-champ ?
Nous n'avons pas à nous faire de reproches, nous ne
pouvons pourtant pas nous transformer en Italiens
pour cette petite semaine de meetings aériens.

Mais le remords ne doit pas gâcher notre plaisir sur
le champ d'aviation ; nous ne ferions ainsi que
récolter de nouveaux remords, et nous courons à
l'aérodrome plutôt que nous n'y allons, dans cette
allégresse de tous les membres qui se saisit soudain de
chacun de nous à tour de rôle sous ce soleil.

Nous passons devant les hangars qui, avec leurs
rideaux tirés, font penser à des scènes fermées de
comédiens ambulants. Sur les frontons on lit les noms
des aviateurs dont les appareils sont cachés là, avec
les insignes tricolores de leur pays natal. Nous lisons
Cobianchi, Cagno, Rougier, Curtiss, Moucher (qui est
originaire du Trentin, mais qui porte les couleurs
italiennes, auxquelles il fait plus confiance qu'aux
nôtres), Anzani, club des aviateurs romains. Et Blériot ? demandons-nous. Où est Blériot ? Blériot[2], à qui
nous n'avons pas cessé de penser depuis le début.

Dans le petit enclos devant son hangar, Rougier, un
petit homme au nez bizarre, fait les cent pas en
manches de chemise. Il dépense une activité intense,
dont on ne démêle pas bien l'objet, il lance ses bras en
avant en agitant vivement les mains, il se palpe le
corps tout en marchant, envoie ses aides derrière le
rideau du hangar, les rappelle, y va lui-même, en
chassant tout le monde, tandis que sa femme se tient
un peu à l'écart dans une étroite robe blanche, un
petit chapeau noir profondément enfoncé sur ses
cheveux, les jambes délicatement écartées dans sa

jupe courte ; elle regarde devant elle, dans la chaleur ; on dirait une commerçante traînant dans sa petite tête tous les soucis de son négoce.

Devant le hangar voisin, Curtiss est assis tout seul. À travers les rideaux légèrement soulevés on aperçoit son appareil ; il est plus grand qu'on ne dit. Au moment où nous passons, Curtiss tient le *New York Herald* en l'air devant lui et lit une ligne en haut d'une page ; nous repassons au bout d'une demi-heure, il est déjà arrivé au milieu de la page ; à nouveau au bout d'une demi-heure il a fini la page et en commence une nouvelle. Il ne semble pas vouloir voler aujourd'hui.

Nous nous retournons et regardons l'immense champ. Il est si grand que tout ce qui s'y trouve semble abandonné : la perche du but à côté de nous, le mât de signalisation là-bas dans le lointain, la catapulte de départ quelque part à droite, une automobile du comité, qui décrit une courbe sur le champ, son petit fanion jaune tendu dans le vent, s'arrête au milieu de sa propre poussière, puis repart.

On a installé ici un désert artificiel dans un pays presque tropical, et la haute noblesse d'Italie, les belles dames venues de Paris et des milliers d'autres gens sont réunis là pour passer quelques heures à cligner des yeux dans ce désert ensoleillé. On ne trouve rien qui distraie le regard, comme dans les autres établissements sportifs. Il manque les jolies clôtures des champs de courses, les dessins blancs des courts de tennis, le gazon frais des terrains de football, le va-et-vient pesant des autodromes et des vélodromes. Seule, deux ou trois fois au cours de l'après-midi, une colonne de cavalerie aux uniformes colorés

passe au trot à travers la plaine. Les pieds des
chevaux sont invisibles dans la poussière, la lumière
égale du soleil reste immuable jusque vers cinq heures
de l'après-midi. Et, afin que rien ne choque dans le
spectacle de cette plaine, il n'y a pas non plus de
musique ; seule la rumeur de la foule du côté des
places bon marché répond aux exigences de l'oreille et
de l'impatience. Mais, vue des places chères dans les
tribunes, derrière nous, cette foule doit se confondre
entièrement avec la plaine vide.

D'un côté de la barrière de bois, de nombreuses
personnes sont debout les unes à côté des autres.
« Comme il est petit ! » s'écrie un groupe français,
presque comme un soupir, que se passe-t-il ? Nous
nous frayons un chemin. Mais voilà sur le champ, tout
près, un petit aéroplane avec sa vraie couleur jaune,
que l'on prépare pour le vol. À cet instant nous
découvrons aussi le hangar de Blériot et, à côté, celui
de son élève Leblanc ; ils sont construits en plein
milieu du champ. Appuyé à l'une des deux ailes de
l'appareil, voici Blériot, que nous reconnaissons
immédiatement ; il regarde attentivement, la tête bien
plantée sur son cou, ses mécaniciens s'affairer autour
du moteur.

C'est avec cette chose minuscule qu'il veut se lancer
dans les airs ? Sur l'eau, par exemple, c'est plus facile.
On peut s'exercer d'abord sur des mares, puis sur des
étangs, puis sur des fleuves et seulement beaucoup
plus tard se lancer sur la mer ; pour celui-là, il n'y a
que la mer.

Voilà Blériot déjà assis sur son siège, il tient la main
sur un levier, mais laisse encore faire les mécaniciens,

comme des écoliers trop studieux. Il regarde lentement de notre côté, puis détourne ses regards de nous,
les porte ailleurs, sans cependant les laisser jamais
s'éloigner beaucoup de lui. Il va s'envoler, rien de plus
naturel. C'est cette impression de naturel, unie au
sentiment de l'extraordinaire attaché à sa personne et
qu'on éprouve en même temps, qui lui donne cette
tenue.

Un ouvrier saisit une des pales de l'hélice pour la
mettre en route ; il tire, il se produit un mouvement,
on entend quelque chose comme le souffle d'un
homme robuste dans son sommeil ; mais l'hélice ne va
pas plus loin. On essaie encore une fois, on essaie dix
fois ; parfois l'hélice s'arrête tout de suite, parfois elle
accepte de faire quelques tours. Cela vient du moteur.
On se remet au travail, les spectateurs se lassent plus
vite que les intéressés. On met de l'huile partout dans
le moteur ; des vis cachées sont desserrées ou mieux
serrées ; un homme court au hangar, il part chercher
une pièce de rechange ; elle ne va toujours pas ; il
repart en courant et accroupi sur le sol du hangar, il la
martèle en la tenant entre les jambes. Blériot cède sa
place à un mécanicien, le mécanicien la cède à
Leblanc. Tantôt un ouvrier tantôt un autre tire sur la
vis. Mais le moteur est intraitable, comme un écolier
qu'on veut aider ; toute la classe lui souffle, non, il ne
peut pas, il s'arrête, il s'arrête toujours au même
endroit, il reste en panne. Pendant un bref moment,
Blériot demeure assis tranquillement sur son siège ;
ses six assistants sont debout autour de lui, sans
bouger ; tous paraissent rêver.

Les spectateurs peuvent un peu respirer et regarder

autour d'eux. La jeune Mme Blériot avec son visage maternel passe à côté de nous, deux enfants derrière elle. Si son mari ne peut pas voler, elle n'est pas satisfaite et s'il vole, elle a peur ; en outre sa belle robe est un peu trop lourde, par cette température.

On tourne à nouveau l'hélice, peut-être mieux que tout à l'heure, peut-être pas ; le moteur se met en marche à grand bruit, comme s'il s'agissait d'un autre ; quatre hommes retiennent l'appareil en arrière et tandis que l'air reste immobile à l'entour, le courant d'air de l'hélice en mouvement passe en rafales à travers les salopettes de ces ouvriers. On n'entend pas un mot, seul le bruit de l'hélice semble commander, huit mains lâchent l'appareil, qui court longtemps sur les mottes de terre comme un lourdaud sur un parquet.

On fait beaucoup de tentatives de cette sorte et toutes s'achèvent malencontreusement. À chacun de ces essais, le public se lève ; il monte sur les fauteuils de paille, sur lesquels on peut se tenir en équilibre en étendant les bras et exprimer en même temps l'espoir, la peur et la joie. Mais, dans les intervalles, la société de la noblesse italienne défile devant les tribunes. On se salue, on s'incline, on se reconnaît, il y a des embrassades, on monte et on descend l'escalier des tribunes. On se montre la Principessa Laetitia Savoia Bonaparte, la Principessa Borghese, une assez vieille dame, dont le visage a la couleur jaune foncé du raisin, la Contessa Morosini. Marcello Borghese est auprès de toutes les dames et auprès d'aucune, il semble de loin avoir un visage aisément déchiffrable, mais, de près, ses joues s'abaissent sur les coins de sa bouche et son visage se ferme. Gabriele D'Annunzio, petit et débile, sautille d'un air qu'on dirait timide devant le comte Oldofredi, un des personnages les plus importants du comité. Dans la tribune on voit passer au-dessus de la rampe le vigoureux visage de Puccini, avec un nez que l'on pourrait appeler un nez d'ivrogne.

Mais on n'aperçoit ces personnes que si on les cherche, sinon on ne voit, retirant toute valeur à tout le reste, que la haute stature des dames de la mode nouvelle. Elles aiment mieux marcher que de rester assises, leurs robes ne sont pas commodes pour s'asseoir. Tous les visages, voilés à l'asiatique, sont tenus dans une légère pénombre. La robe, floue sur le haut du corps, donne à toute leur silhouette quelque chose d'hésitant, quand on les voit de dos ; on a une impression mêlée et inquiète quand de telles dames semblent hésitantes. Le corsage tombe bas, il est presque impossible de le saisir ; la taille semble plus large qu'à l'ordinaire, tant tout le reste est mince ; il faut saisir ces femmes plus en dessous quand on les prend dans les bras.

On n'avait montré jusqu'à présent que l'appareil de Leblanc. Voici maintenant l'appareil avec lequel Blériot a survolé la Manche ; personne ne l'a dit, tout le monde le sait. Un long moment d'attente, et Blériot est dans les airs, on voit le haut de son corps tout droit au-dessus des ailes, ses jambes pendent par en bas et font partie de la machine. Le soleil a décliné et illumine le vol plané des ailes à travers la verrière des tribunes. Tous les regards se portent vers lui avec ferveur, dans aucun cœur il n'y a place pour personne d'autre. Il tourne un peu en rond et se montre maintenant presque à la verticale. Et, en tordant la tête, tout le monde regarde le monoplan qui fléchit, puis est repris en main par Blériot et monte même encore un peu. Que se passe-t-il ? Là, au-dessus de nous, à vingt mètres au-dessus du sol, un homme est prisonnier dans une cage de bois et lutte contre un danger invisible, certes délibérément affronté. Mais nous, en bas, nous sommes là, inexistants, comme si on nous avait rejetés et nous regardons cet homme-là.

Tout se passe bien. Le mât de signalisation indique à la fois que le vent est devenu plus favorable et que Curtiss va essayer d'emporter le grand prix de Brescia. Il se décide donc ? À peine s'en est-on rendu compte que déjà le moteur de Curtiss vrombit ; à peine a-t-on levé les yeux que déjà il s'éloigne de nous ; il vole par-dessus la plaine qui s'agrandit devant lui, vers les forêts dans le lointain, qui maintenant seulement donnent l'impression de s'élever. Il vole longtemps au-dessus de ces forêts, il disparaît, nous voyons les forêts, nous ne le voyons plus. Derrière des maisons, Dieu sait où, il réapparaît à la même altitude que tout à l'heure et fond sur nous ; quand il monte, on voit les faces inférieures du biplan s'incliner et s'obscurcir, quand il descend, les surfaces supérieures brillent au soleil. Il tourne autour du mât de signalisation et repart, indifférent au tumulte des acclamations, tout droit dans la direction d'où il était venu, afin de redevenir dès que possible petit et solitaire. Il effectue ainsi cinq tours, vole 50 kilomètres en 49′ 24″ et gagne ainsi le grand prix de Brescia, 30 000 lires. C'est une performance parfaite. Mais comment apprécier des performances parfaites ? Chacun s'estime à la fin capable de performances parfaites ; il semble que pour des performances parfaites le courage ne soit pas nécessaire. Et tandis que Curtiss travaille là-haut au-dessus des forêts, tandis que sa femme, que tout le monde connaît, se fait du souci pour lui, la foule l'a presque oublié. On se plaint seulement un peu partout, parce que Calderara ne volera pas (son appareil est brisé), parce que Rougier rafistole depuis deux jours sa machine Voisin, sans la faire voler, parce que Zodiaque, le dirigeable italien, n'est toujours pas arrivé. Sur l'accident de Calderara circulent les rumeurs si glorieuses qu'on croirait volontiers que l'amour que lui voue la nation le porte plus sûrement dans les airs que sa machine Wright.

Curtiss n'a pas encore achevé son vol que déjà, dans trois hangars, les moteurs se mettent en marche, comme mus par l'enthousiasme. Le vent et la poussière s'élèvent de directions opposées. Deux yeux ne suffisent plus. On se tourne sur sa chaise, on vacille, on se retient à quelqu'un, on demande pardon, un autre vacille à son tour, entraîne quelqu'un d'autre avec lui, on reçoit des remerciements. Le soir précoce de l'automne italien commence ; sur l'aérodrome on ne voit plus très distinctement.

Juste au moment où Curtiss passe à côté de nous, après son vol triomphal, et soulève sa casquette en souriant un peu, sans regarder, Blériot commence le petit tour que tout le monde attendait de lui ! On ne sait pas si on applaudit Curtiss ou Blériot ou déjà Rougier, dont le grand appareil pesant vient de se

lancer. Rougier est assis à ses leviers, comme un
monsieur à sa table de travail, à laquelle on peut
accéder derrière son dos par une petite échelle. Il
monte en exécutant de petits cercles, survole Blériot,
qu'il transforme en spectateur, et ne cesse pas de
monter.

Si nous voulons encore trouver une voiture, il est
grand temps de partir ; beaucoup de gens se hâtent
déjà vers la sortie. On sait bien que ce vol n'est qu'une
expérience ; comme il est près de 7 heures, il ne sera
plus enregistré officiellement. Dans le vestibule de
l'aérodrome, les chauffeurs et les domestiques sont
debout sur leurs sièges et montrent Rougier du doigt ;
devant l'aérodrome, les cochers sont debout dans les
voitures rangées là en désordre et montrent Rougier
du doigt ; trois trains, pleins jusqu'aux soufflets,
restent arrêtés à cause de Rougier. Nous avons la
chance de trouver une voiture, le cocher vient se caser
à côté de nous (il n'y a pas de siège spécial pour le
cocher) et, redevenus enfin des existences indépendantes, nous nous mettons en route. Max remarque
avec raison que l'on pourrait, et même que l'on
devrait, organiser à Prague quelque chose d'analogue.
Il n'est pas nécessaire que ce soit un concours, pense-
t-il, bien qu'un concours aussi se justifie ; mais il
serait bien facile d'inviter un seul aviateur et personne
n'aurait à le regretter. La chose était très simple :
Wright allait maintenant voler à Berlin. Il faudrait
seulement obtenir des gens qu'ils fassent ce petit
détour. Nous deux ne répondons rien, d'abord parce
que nous sommes fatigués et aussi parce que nous
n'avons rien à objecter. La route tourne et Rougier

paraît si haut qu'on a l'impression de ne plus pouvoir déterminer sa position que par rapport aux étoiles, lesquelles ne vont pas tarder à se montrer dans le ciel, qui s'assombrit déjà. Nous ne cessons pas de nous retourner ; Rougier monte toujours, mais nous nous enfonçons maintenant définitivement dans la Campagna.

LE PREMIER GRAND VOYAGE
EN CHEMIN DE FER[1]

(Prague-Zurich)

SAMUEL : Départ le 26 août 1911, à 1 h 02 de l'après-midi.

RICHARD : À la vue de Samuel[2], qui écrit quelques mots rapides dans son minuscule agenda bien connu, je retrouve une belle idée, que j'ai déjà eue souvent : chacun de nous devrait tenir un journal de voyage. Je le lui dis. Il commence par refuser, puis accepte ; il motive les deux opinions, je ne comprends les deux raisonnements que superficiellement ; mais peu importe, pourvu que nous tenions nos journaux. Le voilà maintenant qui se moque une fois de plus de mon calepin, lequel, à vrai dire, relié de toile noire, tout neuf, très grand, carré, ressemble plutôt à un cahier d'écolier. Je prévois qu'il sera difficile et en tout cas désagréable d'avoir à porter ce cahier dans ma poche pendant tout le voyage. D'ailleurs, je n'aurai qu'à m'en acheter tout de suite avec lui un autre à Zurich. Il a aussi un stylo. Je le lui emprunterai de temps en temps.

SAMUEL : Dans une station, en face de notre fenêtre un wagon avec des paysannes. L'une d'elles dort sur les genoux d'une autre, qui rit. En s'éveillant, elle nous fait signe, inconvenante dans son demi-sommeil : « Viens ! » Comme si elle se moquait de nous, parce que nous ne pouvons pas aller la rejoindre. Dans le compartiment d'à côté, une paysanne toute noire, héroïque, immobile. La tête rejetée en arrière, elle regarde le long de la vitre. Sibylle de Delphes.

RICHARD : Mais ce qui ne me plaît pas, c'est ce salut aguichant qu'il a adressé aux paysannes, presque obséquieux et qui simule une fausse familiarité. Voilà d'ailleurs que le train se remet en marche, et Samuel reste seul avec son grand début de sourire et sa casquette brandie. — Est-ce que je n'exagère pas ? — Samuel me lit sa première remarque, elle fait grande impression sur moi. J'aurais dû prêter plus d'attention aux paysannes. — Le contrôleur demande, en termes d'ailleurs très indistincts, comme s'il n'avait affaire qu'à des gens qui ont déjà souvent utilisé cette ligne, si quelqu'un veut commander du café pour Pilsen. Si on en commande, il colle pour chaque portion une petite étiquette verte sur la fenêtre du compartiment, de même qu'autrefois à Misdroy[3], quand il n'y avait pas encore de ponton de débarquement, le vapeur indiquait de loin par des fanions le nombre de chaloupes qui serait nécessaire pour le débarquement. Samuel ne connaît pas Misdroy. Dommage que je n'y sois pas allé avec lui. C'était très beau, en ce temps-là. Cette fois-ci, ce sera merveilleux aussi. Nous roulons trop rapidement, le voyage passe trop vite ; comme j'ai envie maintenant de faire des voyages lointains ! — Quelle comparaison désuète, celle que j'ai faite plus haut, alors qu'il y a un ponton de débarquement à

Misdroy depuis cinq ans. — Le café sur le quai à Pilsen. On n'est pas obligé d'en prendre quand on a un ticket et on en obtient aussi sans ticket.

SAMUEL : Du quai nous apercevons à la fenêtre de notre compartiment une jeune fille inconnue, la future Dora Lippert[4]. Jolie, un gros nez, un petit décolleté dans sa blouse de dentelle blanche. Première constatation pour notre cohabitation dans le compartiment : son grand chapeau, enveloppé dans du papier, pend légèrement hors du filet au-dessus de ma tête. — Nous apprenons qu'elle est la fille d'un officier qui a été envoyé en garnison à Innsbruck et qu'elle part rejoindre ses parents, qu'elle n'a pas vus depuis longtemps. Elle travaille à Pilsen, toute la journée, dans un bureau d'études ; elle a beaucoup à faire, mais cela lui fait plaisir, elle est très contente de sa vie. Au bureau on l'appelle notre mascotte, notre petite hirondelle. Elle est la seule femme et la plus jeune de tous. Oh ! on s'amuse bien au bureau ! On mélange les chapeaux au vestiaire, on cloue les croissants de la collation de dix heures ou bien on colle le manche de la plume au sous-main avec de la gomme arabique. Nous avons d'ailleurs l'occasion de participer à une de ces farces « sensationnelles ». Elle écrit en effet une carte à l'un de ses collègues de bureau, où elle dit : « Ce que je prévoyais s'est malheureusement produit. Je suis montée dans le mauvais train et me trouve maintenant à Zurich. Amitiés. » Nous devons jeter cette carte à Zurich. Elle compte sur notre parole d' « hommes d'honneur », pour ne rien ajouter à la carte. Au bureau, on va naturellement s'inquiéter, télégraphier, Dieu sait quoi encore. — Elle est wagné-

rienne, ne manque aucune représentation de Wagner,
« Kurz[5] récemment dans le rôle d'Isolde » ; elle est en
train de lire la correspondance de Wagner et de la
Wesendonck ; elle emporte même le livre à Innsbruck ; c'est un monsieur, naturellement celui qui
joue des passages de Wagner au piano, qui le lui a
prêté. Elle-même n'a malheureusement pas beaucoup
de talent pour le piano ; nous le savons d'ailleurs,
depuis qu'elle nous a fredonné quelques *leitmotiv*. —
Elle fait collection de papier de chocolat[6], elle en fait
une grosse boule d'étain, qu'elle a avec elle. Cette
boule est destinée à une amie, l'utilisation ultérieure
est inconnue. Elle collectionne aussi les bagues de
cigares, très certainement pour s'en faire un plateau.
— Le premier contrôleur bavarois l'amène à exprimer
d'un son bref et très péremptoire les opinions assez
obscures et contradictoires de cette fille d'officier sur
l'armée autrichienne et les militaires en général. Elle
considère en effet non seulement l'armée autrichienne, mais aussi l'armée allemande et tous les
militaires comme avachis. Mais ne va-t-elle pas à la
fenêtre du bureau, quand passe une musique militaire ? Non, car ce ne sont pas des militaires. Oui, sa
sœur cadette est tout à fait différente. Elle va
régulièrement danser au cercle des officiers à Innsbruck. L'uniforme ne lui en impose pas du tout et les
officiers sont zéro pour elle. Visiblement le monsieur
qui lui prête les partitions de piano en est pour une
part responsable, mais pour une part aussi notre arrêt
à la gare de Fürth, où nous faisons les cent pas avec
elle sur le quai, car elle se sent toute ragaillardie de
marcher un peu, après avoir roulé et se frotte les

hanches avec la paume de ses mains. Richard prend la défense des militaires, mais très sérieusement. Ses expressions favorites : sensationnel — vitesse grand V — pouffer — illico — avachi.

RICHARD : Dora L. a des joues rondes avec beaucoup de duvet blond ; mais elles sont si exsangues qu'il faudrait y appuyer longtemps la main avant de les faire rougir. Le corset est mal fait : la blouse fait des plis sur le bord, au-dessus de la poitrine ; il ne faut pas regarder cela.

Je suis content d'être assis en face d'elle et pas à côté d'elle ; je ne peux en effet pas parler à quelqu'un qui est assis à côté de moi. Samuel, par exemple, aime bien s'asseoir à côté de moi ; il s'assied aussi volontiers à côté de Dora. Mais moi, je me sens épié, quand quelqu'un s'assied à côté de moi. On n'a jamais l'œil prêt à regarder de ce côté-là, il faut d'abord tourner les yeux. Il est vrai que, comme je suis assis en face, je suis par moments exclu de la conversation entre Dora et Samuel, surtout quand le train roule ; on ne peut pas avoir tous les avantages à la fois. En revanche, je les ai vus déjà, pas longtemps il est vrai, rester assis l'un à côté de l'autre sans rien dire ; je n'y suis naturellement pour rien.

Je l'admire : elle est si musicienne. Il est vrai que Samuel semble esquisser un sourire ironique, quand elle lui fredonne quelque chose à voix basse. Ce n'était peut-être pas tout à fait juste, mais, malgré tout, est-ce qu'on ne doit pas admirer qu'une jeune fille, toute seule dans une grande ville, s'intéresse si passionnément à la musique ? Elle a même fait monter dans sa chambre, qu'elle n'occupe qu'en location, un piano de location. Il faut imaginer la chose : une affaire aussi compliquée que le transport d'un piano (fortepiano), qui créerait des difficultés à une famille entière, et cette faible jeune fille ! Quelle indépendance et quel esprit de décision cela suppose !

Je lui demande comment elle vit. Elle vit avec deux amies ; le soir, une d'entre elles va acheter le dîner dans une épicerie, elles s'amusent bien et rient beaucoup. Je trouve bizarre, en l'écoutant, que tout cela se passe avec l'éclairage au pétrole, mais je ne veux pas le lui dire. Elle n'attache visiblement pas d'importance à ce mauvais éclairage, car, avec son énergie, elle pourrait certainement en obtenir un meilleur de sa logeuse, si l'envie lui en prenait.

Comme il faut qu'elle nous montre, au cours de la conversation, tout ce qu'elle a dans son sac à main, nous voyons aussi une bouteille de médicament, avec une horrible drogue jaune à l'intérieur. C'est seulement maintenant que nous apprenons qu'elle ne se porte pas très bien, qu'elle a même été malade et a dû garder le lit. Et elle est restée assez faible. Son patron lui a alors conseillé (voyez comme on est prévenant avec elle) de ne venir au bureau qu'à mi-temps. Maintenant elle va mieux, mais il lui faut prendre ce produit ferrugineux. Je lui conseille de le jeter plutôt par la fenêtre. Elle m'approuve sans peine (car la chose a un goût détestable), mais ne se décide pas à le faire pour de bon, bien que j'essaye, penché plus près d'elle que jamais, de lui faire comprendre mes opinions parfaitement claires sur le traitement naturel de l'organisme humain, avec l'intention sincère de lui venir en aide ou tout au moins d'éviter que cette jeune

fille mal conseillée ne prenne mal — et je me
considère pour un instant comme un hasard provi-
dentiel dans sa vie. Mais, comme elle n'arrête pas de
rire, je m'interromps. Ce qui m'a nui aussi, c'est que
Samuel n'a pas cessé de hocher la tête pendant tout
mon discours. Je le connais. Il croit aux médecins et
tient la thérapeutique naturiste pour ridicule[7]. Je
comprends cela sans peine : il n'a jamais eu besoin
d'un médecin et n'a donc jamais eu à réfléchir
sérieusement à ces choses-là ; il ne peut, par exemple,
pas imaginer qu'il ait lui-même à avaler cette drogue
répugnante. — Si j'avais été seul avec cette jeune fille,
je serais bien parvenu à la convaincre. Car si je n'ai
pas gain de cause en cela, je ne l'aurai en rien.

L'origine de son anémie m'a paru claire depuis le
début. Le bureau. On peut bien considérer la vie de
bureau, ainsi que n'importe quoi, comme quelque
chose d'amusant (et cette jeune fille la considère
sincèrement ainsi, elle se trompe entièrement de
bonne foi), mais la vérité, les suites pernicieuses !? —
Je sais bien où j'en suis, moi par exemple. Et
maintenant une jeune fille au bureau ! les robes de
femmes ne sont pas faites pour cela ; comme elles
doivent se déformer de partout à être ainsi continuel-
lement tirées en tous sens des heures durant sur un
tabouret de bois. Et ces petits derrières ronds sont
tout écrasés pendant que la poitrine s'écrase de son
côté contre le rebord du bureau. — Exagéré ? — En
tout cas, une jeune fille dans un bureau est toujours
pour moi un spectacle navrant.

Samuel est déjà devenu assez intime avec elle. Il l'a
même décidée, je n'y aurais pas pensé, à aller avec

nous au wagon-restaurant. Il est incroyable de voir à
quel point nous semblons déjà appartenir les uns aux
autres, tous les trois, lorsque nous faisons notre entrée
au wagon-restaurant au milieu des autres voyageurs.
Il faudra retenir que rien ne raffermit mieux l'amitié
qu'un changement de cadre. Je suis même assis
maintenant à côté d'elle, nous buvons du vin, nos bras
se frôlent, la joie que nous éprouvons tous les trois à
partir en vacances nous donne vraiment un air de
famille. Ce Samuel l'a convaincue, en dépit de sa vive
résistance, renforcée encore par une grosse averse,
d'utiliser l'arrêt d'une demi-heure à Munich pour une
promenade en auto. Tandis qu'il va chercher une
voiture, elle me dit, sous les arcades de la gare, en me
prenant par le bras : « Je vous en prie, empêchez que
cette promenade ait lieu. Je ne peux pas aller avec
vous. C'est tout à fait impossible. Je vous dis cela à
vous, parce que j'ai confiance en vous. On ne peut pas
parler à votre ami. Il est complètement fou ! » —
Nous montons en voiture ; toute cette histoire me
paraît pénible, elle me rappelle tout à fait le film de
cinématographe *L'Esclave blanche*, où l'héroïne inno-
cente est attaquée dans le noir par des inconnus dès la
sortie de la gare, jetée dans une automobile et enlevée.
Samuel, au contraire, est de bonne humeur. Comme
la grande capote de l'auto nous prend toute la vue,
nous ne voyons de tous les bâtiments que le premier
étage, et encore à grand-peine. Il fait nuit. Perspective
dans les sous-sols. Samuel, au contraire, en déduit des
appréciations tout à fait fantaisistes sur la hauteur des
châteaux et des églises. Comme Dora, dans l'obscurité
du siège arrière, continue à rester silencieuse et que je

commence à redouter une sortie, il finit par s'inquiéter un peu et lui demande, d'une manière un peu trop
conventionnelle pour mon goût : « Allons, vous ne
m'en voulez pas, mademoiselle ? Que vous ai-je donc
fait ? », etc. Elle répond : « Puisque je suis ici, je ne
veux pas gâcher votre plaisir. Mais vous n'auriez pas
dû me forcer. Quand je dis non, je ne le dis pas sans
raison. Je ne devais pas faire cette promenade. —
Pourquoi ? demande-t-il. — Je ne peux pas vous le
dire. Vous devez pourtant comprendre qu'il n'est pas
convenable pour une jeune fille d'aller se promener en
voiture la nuit avec des messieurs. Et puis, il y a
encore autre chose. Imaginez que je ne sois pas
libre... » Nous devinons, chacun pour soi, avec un
silence respectueux, que cette affaire doit être en
relation avec le monsieur wagnérien. Je n'ai pas de
reproches à me faire, j'essaie cependant de la rasséré-
ner. Même Samuel, qui l'a jusqu'à présent traitée un
peu de son haut, paraît avoir des remords et ne veut
plus parler que de la promenade. Le chauffeur, à
notre demande, nous indique les noms des curiosités
invisibles. Les pneumatiques sur l'asphalte font le
même bruit que l'appareil au cinématographe. À
nouveau cette « Esclave blanche ». Ces longues rues
vides, noires, délavées. Ce que nous voyons le plus
clairement, ce sont les grandes fenêtres fermées par
des rideaux du restaurant des Quatre-Saisons, dont
nous connaissons un peu le nom comme celui d'un
endroit très élégant. Le maître d'hôtel en livrée
s'incline devant des clients qui arrivent. Près d'un
monument, que nous avons l'heureuse inspiration de
désigner comme le fameux monument de Wagner, elle

montre quelque intérêt. Nous ne pouvons nous arrêter un peu qu'au monument de la Liberté, avec ses fontaines qui clapotent dans la pluie. Pont sur l'Isar ; nous ne faisons que deviner le fleuve. Belles maisons de maître le long du Jardin anglais. Ludwigstrasse, église des Théatins, portique des Capitaines *(Feldherrn-halle)*, brasserie Pschorr. Je ne sais pas d'où cela vient, mais je ne reconnais rien, bien que j'aie été déjà plusieurs fois à Munich. Porte de Sendling. La gare, que je craignais (surtout à cause de Dora) de ne pas regagner en temps voulu. Nous avons donc mis, comme un ressort de montre bien réglé, tout juste vingt minutes pour traverser Munich, selon le taxi-mètre.

Nous installons notre Dora, comme si nous étions ses parents de Munich, dans un compartiment direct pour Innsbruck, où une dame vêtue de noir, qui semble beaucoup plus redoutable que nous, lui propose sa protection pour la nuit. C'est seulement alors que je comprends qu'on peut nous confier en toute tranquillité une jeune fille.

SAMUEL : Notre histoire avec Dora a complètement échoué. Plus le temps passait, moins cela allait. J'avais l'intention d'interrompre le voyage et de passer la nuit à Munich. Jusqu'au dîner, c'est-à-dire à peu près jusque vers Ratisbonne, j'étais convaincu que cela marcherait. J'ai essayé de me mettre d'accord avec Richard en lui griffonnant quelques mots sur un bout de papier. Il ne semble même pas l'avoir lu ; il ne pensait qu'à le dissimuler. Finalement, peu importe ; cette personne insipide ne me plaisait pas du tout. Seul Richard en faisait toute une affaire, en lui adressant cérémonieusement la parole et en lui faisant des amabilités. Elle n'en fut que renforcée dans sa stupide coquetterie, qui, dans l'automobile, devint tout à fait insupportable. Au moment du départ, elle s'était transformée, comme il fallait s'y attendre, en une sorte de Gretchen sentimentale. Richard, qui portait naturellement ses valises, se comportait comme si elle l'avait fait bénéficier d'un bonheur tout immérité ; moi seul j'éprouvais un sentiment pénible. Pour le dire en deux mots : les femmes qui voyagent seules ou, plus généralement, toutes celles qui veulent qu'on les considère comme des personnes indépendantes, ne doivent pas ensuite retomber dans la coquetterie habituelle et peut-être déjà désuète aujourd'hui, en cherchant tantôt à vous attirer tantôt à vous éloigner et à tirer parti en tout cas de la confusion qu'elles provoquent. Car on les a vite percées à jour et on se laisse bientôt éloigner avec plus de plaisir que probablement elles ne le souhaitent.

Nous montons dans notre compartiment, où nous avions laissé nos bagages, pour la plus grande inquiétude de Richard. Richard se livre à ses préparatifs bien connus pour la nuit, en se servant de son plaid comme coussin pour la tête et en laissant pendre autour de sa tête le *havelock*. Il me plaît de voir qu'il est dénué de scrupule, dès qu'il s'agit de son sommeil, baisse par exemple la lampe sans rien demander, bien qu'il sache que je ne peux pas dormir en chemin de fer. Il s'étend sur sa banquette, comme s'il avait à cela un droit particulier que n'ont pas les autres voyageurs. Il s'endort d'ailleurs immédiatement d'un som-

meil paisible. Et, avec cela, cet être-là n'arrête pas de
se plaindre de ses insomnies.

Dans le compartiment se trouvent aussi deux jeunes
Français (des lycéens de Genève). L'un des deux, un
brun, n'arrête pas de rire ; il rit même que Richard ne
lui laisse pas de place pour s'asseoir (tant il s'est
couché de tout son long) ; il rit aussi quand il profite
d'un moment où Richard se lève et demande à ses
compagnons de ne pas tant fumer, pour occuper une
partie de la banquette de Richard. Les petits conflits
de ce genre, qui se règlent sans mot dire entre gens de
langues différentes, sont vite résolus, sans excuses et
sans reproches. Les Français, pour passer le temps, se
tendent à tour de rôle une boîte de fer-blanc avec des
petits gâteaux, roulent des cigarettes, vont à tout
moment dans le couloir et reviennent à nouveau, sans
cesser de s'interpeller. À Lindau (ils prononcent
« Lendo »), ils se moquent de bon cœur et d'une voix
étonnamment forte pour cette heure de la nuit, du
contrôleur autrichien. Les contrôleurs des pays étrangers font toujours un effet comique, ainsi pour nous
à Fürth le contrôleur bavarois, avec sa grande sa-
coche rouge, qui ballottait autour de ses jambes. —
Vue prolongée sur le lac de Constance, illuminé et
comme lissé par les lumières du train, jusqu'aux
lumières lointaines de la rive opposée, obscure et
plongée dans la brume. Une vieille poésie apprise à
l'école me revient à l'esprit : *Le Cavalier du lac de
Constance*[8]. Je passe un bon moment à la reconstituer
de mémoire. — Trois Suisses font irruption. Un
d'entre eux fume. L'un, qui reste après que les deux
autres sont descendus, paraît d'abord insignifiant,

puis se précise vers le matin. Il a mis fin à la dispute entre Richard et le Français brun en donnant tort à tous les deux et en s'asseyant entre eux pour le reste de la nuit, droit comme un I et son *alpenstock* entre les jambes. Richard apporte la preuve qu'il peut aussi dormir assis.

La Suisse se signale par les maisons isolées, et qui donnent ainsi l'impression de s'élever particulièrement haut, qu'on voit dans toutes les petites villes et dans les villages, tout au long de la ligne de chemin de fer. À Saint-Gall aucune rue ne se dessine. C'est peut-être le particularisme bien allemand de chacun qui s'exprime ainsi, favorisé par les difficultés du terrain. Chaque maison, avec ses volets vert foncé et beaucoup de vert dans le colombage et sur les balcons, a un peu le caractère d'une villa. Renferme pourtant une maison de commerce, une seule ; la famille et l'affaire se confondent. Cette particularité, qui consiste à installer les affaires dans des villas, me rappelle beaucoup le roman de R. Walser, *Der Gehilfe (Le Commis)* [9].

C'est dimanche, 5 heures du matin, le 27 août. Toutes les fenêtres encore fermées, tout le monde dort. Toujours l'impression, dans ce train où nous sommes enfermés, de respirer le seul mauvais air qui règne à l'entour, alors que la campagne, que l'on ne peut bien observer que d'un train de nuit comme sous l'éclairage d'un projecteur, commence tout naturellement à se dévoiler. Les montagnes sombres ne laissent passer d'abord qu'une très étroite vallée entre notre train et elles ; puis, éclairées d'une lueur blanchâtre par la brume du matin comme par le jour d'une lucarne, les prairies apparaissent peu à peu dans toute leur fraîcheur, comme si personne ne les avait encore jamais foulées ; elles sont d'un beau vert plantureux, ce qui, dans cette année de sécheresse, me plonge dans l'étonnement ; enfin, l'herbe pâlit lentement à mesure que le soleil s'élève. — Des arbres avec de grosses et lourdes branches couvertes d'aiguilles, qui tombent le long du tronc jusqu'au pied.

On voit ces formes fréquemment sur les tableaux des peintres suisses et je les avais prises jusqu'aujourd'hui pour des stylisations.

Une mère avec ses enfants commence sa promenade du dimanche sur la route bien propre. Cela me rappelle Gottfried Keller, qui a été élevé par sa mère [10].

Dans le pays de prairies, partout des clôtures soigneusement entretenues ; certaines sont faites de troncs d'arbres gris, pointus comme des crayons ; d'autres des mêmes troncs coupés en deux. C'est ainsi que nous coupions nos crayons, quand nous étions enfants pour recueillir la mine de plomb. Je n'avais encore jamais vu de clôture de cette sorte. C'est ainsi que tous les pays offrent de la nouveauté au milieu du quotidien et il faut se garder, en cédant au plaisir de ces impressions, de négliger de remarquer ce qui est rare.

RICHARD : La Suisse, livrée à elle-même aux premières heures du matin. Samuel me réveille, à ce qu'il prétend, pour me montrer un pont curieux, mais qui est déjà passé avant que j'aie le temps de lever les yeux et se procure peut-être ainsi sa première forte impression de la Suisse. Je regarde, trop longtemps, passant de ma pénombre intérieure à la pénombre du dehors.

J'ai particulièrement bien dormi cette nuit, comme presque toujours en chemin de fer. Mon sommeil en chemin de fer est un véritable travail. Je me couche, en installant d'abord la tête ; j'essaye ensuite, en manière de préambule, quelques positions ; je me mets bien à l'abri des gens qui m'entourent, même s'ils me regardent faire tous à la fois en me couvrant le visage de mon pardessus ou de mon bonnet de voyage, et le bien-être que me procure une nouvelle position, que je viens d'essayer, me plonge dans le sommeil. Au début, l'obscurité est naturellement une aide précieuse, par la suite elle n'est même plus indispensable. Même la conversation pourrait continuer comme auparavant. Car l'expérience prouve qu'au spectacle d'un homme sérieusement endormi, le pire bavard, même s'il n'est pas assis tout à côté, ne peut pas s'empêcher d'en tenir compte. Car il n'existe guère d'endroit où les plus grands contrastes dans le mode de vie soient aussi rapprochés, à l'improviste et de la manière la plus surprenante, que dans un compartiment de chemin de fer ; et, comme on n'arrête pas de se considérer réciproquement, ils ne tardent pas à faire sentir leur effet les uns sur les autres. Et si un dormeur n'endort pas tout de suite les autres voyageurs, il les rend toutefois plus silencieux et incite même leur humeur méditative à les pousser à fumer, ce qui s'est malheureusement produit au cours de ce voyage, où, au milieu du bon air de rêves impénétrables, j'ai dû respirer des nuages de fumée de tabac.

J'explique ainsi le fait que je dorme bien en chemin

de fer : d'ordinaire ma nervosité, qui provient de l'excès de travail, m'empêche de dormir par le vacarme qu'elle fait naître en moi, lequel vacarme s'accroît, la nuit, de tout le hasard des bruits dans la grande maison que j'habite et dans la rue, de tout roulement de voiture que j'entends venir de loin, de toutes les querelles d'ivrognes, de tous les pas dans l'escalier, à tel point que, dans mon exaspération, j'attribue souvent toute la faute à ces bruits du dehors. En chemin de fer, au contraire, la régularité des bruits de la marche, que ce soit le travail des amortisseurs sous les wagons, ou la vibration de tout cet édifice de fer, de bois et de verre, forme comme un niveau de repos total, où je peux dormir, apparemment comme un homme en bonne santé. Cette apparence cède naturellement aussitôt, par exemple lorsqu'elle est transpercée par le sifflement des locomotives, ou bien lorsque se produit un changement de rythme et, en tout cas, par l'impression du passage dans les stations, qui se répercute à travers mon sommeil comme à travers le train entier, jusqu'à ce que je me réveille. J'entends alors sans étonnement le nom de localités que je ne me suis jamais attendu à traverser : ainsi, cette fois-ci, Lindau, Constance, je crois bien aussi Romanshorn ; j'en ai moins de bénéfice que si je les avais vues en rêve, j'ai seulement le dérangement. Quand je m'éveille pendant la marche, alors mon réveil est plus fort parce qu'il a lieu, en quelque sorte, contre la nature du sommeil en chemin de fer. J'ouvre les yeux, et je me tourne un instant vers la fenêtre. Je ne vois pas grand-chose et, ce que je vois, je ne le saisis qu'avec la mémoire négligente du rêveur. Pourtant, je pourrais jurer avoir vu quelque part en Wurtemberg, comme si j'avais expressément reconnu cette localité wurtembergeoise, à deux heures du matin, un homme se pencher au-dessus du garde-fou dans la véranda de sa maison. La porte de son bureau éclairé entrouverte derrière lui, comme s'il venait de sortir seulement pour se rafraîchir un peu les idées avant d'aller se coucher. À la gare de Lindau on entendait chanter dans la nuit, mais aussi au moment où nous y sommes arrivés et au moment où nous en sommes repartis ; d'ailleurs, quand on voyage, comme nous faisions ce jour-là, pendant la nuit du samedi au dimanche, on balaye sur de longs bouts de chemin simplement un peu troublé par le sommeil beaucoup de vie nocturne ; on a alors l'impression d'un sommeil particulièrement profond et d'une agitation extérieure particulièrement bruyante. Également les contrôleurs, que je voyais souvent passer le long de ma fenêtre embuée, et qui ne voulaient réveiller personne, mais seulement accomplir leur métier, criaient à tue-tête dans les gares vides une syllabe du nom de la station de notre côté et un peu plus loin les autres syllabes. Cela incitait mes compagnons de voyage à recomposer le nom entier et ils se levaient pour lire, à travers la vitre qu'ils n'arrêtaient pas d'essuyer de la main, le nom de la gare ; mais ma tête était déjà retombée sur le bois.

Mais, quand on peut bien dormir en train, comme c'est mon cas — Samuel passe toute la nuit les yeux ouverts, à ce qu'il prétend —, il faudrait aussi pouvoir ne s'éveiller qu'à l'instant de l'arrivée, pour ne pas, au moment où l'on sort d'un bon sommeil, se retrouver le

visage gras, le corps mouillé, les cheveux plaqués et en
désordre, dans du linge et des vêtements qui sont
restés vingt-quatre heures dans la poussière du chemin de fer sans être nettoyés ni aérés, accroupi dans
un coin du compartiment, et devoir continuer à rouler
de la sorte. Si on en avait la force, on maudirait le
sommeil ; mais on se contente d'envier en silence les
gens qui, comme Samuel, n'ont sans doute dormi que
de courts instants, mais qui, par compensation, ont pu
mieux veiller sur eux-mêmes, qui ont pu faire presque
tout le voyage en pleine conscience et qui, en réprimant un sommeil auquel ils auraient fort bien pu
s'abandonner eux aussi, sont restés sans cesse l'esprit
clair. Le matin, j'étais comme livré à Samuel.

Nous étions debout l'un à côté de l'autre à la
fenêtre, moi seulement pour lui faire plaisir et,
pendant qu'il me montrait ce qu'il y avait à voir en
Suisse et me racontait tout ce que j'avais perdu
pendant mon sommeil, je hochais la tête et admirais
autant qu'il le voulait. C'est encore une chance,
quand je suis dans cet état-là, qu'il ne s'en rende pas
compte ou qu'il ne juge pas comme il faudrait, car
c'est précisément à ces moments-là qu'il est plus
aimable avec moi que quand je le mérite davantage.
Mais je ne pensais alors sérieusement qu'à Mlle Lippert. Il m'est très difficile d'avoir un jugement exact
sur les gens dont j'ai fait récemment et brièvement la
connaissance, surtout quand il s'agit de femmes. Au
moment, en effet, où la rencontre se produit, c'est
plutôt moi que je contrôle, parce qu'il y a fort à faire
de ce côté-là ; et c'est ainsi que je n'ai remarqué
qu'une part dérisoire de tout ce que je pressentais en

elle de manière fugitive et que je laissais aussitôt échapper. Dans le souvenir, en revanche, ces personnes rencontrées prennent immédiatement un aspect adorable, parce qu'elles y sont silencieuses, se contentent de vaquer à leurs occupations et montrent par leur oubli total de notre personne le dédain dans lequel elles tiennent leur rencontre avec nous. Mais il y avait aussi une autre raison, pour laquelle j'éprouvais une telle nostalgie de Dora, la dernière jeune fille à figurer dans mon souvenir. C'est que Samuel ne me suffisait pas, ce matin-là. Il voulait, en tant que mon ami, faire un voyage avec moi, mais ce n'était pas grand-chose. Cela signifiait seulement que j'aurais, tous les jours que durerait ce voyage, un homme habillé à côté de moi, dont je ne pourrais voir le corps qu'au moment du bain, sans avoir d'ailleurs le moindre désir de ce spectacle. Samuel tolérerait que je mette ma tête sur sa poitrine, si j'avais envie d'y pleurer ; mais, au spectacle de ce visage d'homme, avec sa barbiche pointue légèrement agitée par le vent, avec ses lèvres serrées — j'arrête là ma description — les larmes libératrices pourront-elles couler de mes yeux ?

À LA COLONIE PÉNITENTIAIRE^[1]

« C'est un appareil tout à fait particulier », dit
l'officier à la personne venue là en voyage d'étude ;
en même temps, il contemplait d'un regard quasiment
admiratif cet appareil qu'il devait pourtant bien
connaître. Le voyageur semblait n'avoir déféré que
par politesse à l'invitation du Commandant, qui
l'avait prié d'assister à l'exécution d'un soldat
condamné pour désobéissance et outrages à son
supérieur. Il ne semblait pas que l'intérêt pour cette
exécution fût bien grand à la colonie pénitentiaire.
En dehors de l'officier et du voyageur, il n'y avait en
tout cas, dans cette petite vallée profonde, couverte de
sable et enserrée tout à l'entour par des pentes
dénudées, que le condamné, un homme à l'air hébété,
avec une bouche taillée à coups de serpe, un visage et
des cheveux mal soignés et un soldat, qui tenait la
lourde chaîne où venaient aboutir les petites chaînes
fixées aux chevilles et aux poignets du condamné ainsi
qu'à son cou, lesquelles étaient encore reliées entre
elles par d'autres chaînes. Le condamné avait d'ailleurs l'air si servilement soumis qu'il semblait qu'on

aurait pu le laisser courir en liberté sur les pentes et qu'il aurait suffi d'un coup de sifflet au commencement de l'exécution pour le faire revenir.

Le voyageur s'intéressait peu à l'appareil et il faisait les cent pas derrière le condamné avec une indifférence presque visible, tandis que l'officier s'adonnait aux derniers préparatifs, tantôt en rampant sous l'appareil profondément encastré dans le sol, tantôt en grimpant sur une échelle pour en contrôler les parties supérieures. C'étaient là des travaux qu'on aurait pu à vrai dire laisser aux soins d'un ouvrier mécanicien, mais l'officier les exécutait lui-même avec la plus grande application, soit qu'il ait été particulièrement partisan de cet appareil, soit que, pour d'autres raisons, il ait été impossible de confier ce travail à personne d'autre. « Voilà ! tout est prêt », s'écria-t-il enfin en descendant de l'échelle. Il était absolument épuisé, il respirait la bouche grande ouverte et il avait glissé deux fins mouchoirs de dame derrière le col de son uniforme. « Ces uniformes sont vraiment trop lourds pour les tropiques », dit le voyageur, au lieu de se renseigner au sujet de l'appareil comme l'officier s'y était attendu. « C'est vrai », dit l'officier, tout en lavant ses mains souillées d'huile et de graisse dans un baquet d'eau préparé à cet effet, « mais, pour nous, ils s'identifient au pays natal et nous ne voulons pas nous couper du pays natal. — Mais maintenant regardez cet appareil », ajouta-t-il aussitôt, tout en s'essuyant les mains avec une serviette et en désignant en même temps la machine. « Jusqu'à présent, il a fallu y mettre la main, mais à partir de maintenant, l'appareil marche

tout seul. » Le voyageur acquiesça d'un signe de tête
et suivit l'officier. Celui-ci chercha à se garantir
contre toute éventualité et ajouta : « Naturellement, il
peut toujours se produire des pannes ; j'espère bien
qu'il n'y en aura pas aujourd'hui, mais malgré tout il
faut compter avec elles. L'appareil doit en effet
fonctionner douze heures sans interruption. Mais s'il
doit y avoir des pannes, elles sont de toute façon
insignifiantes et vite réparées. »

« Ne voulez-vous pas vous asseoir ? », demanda-
t-il enfin en extrayant un siège d'un tas de fauteuils en
rotin et en l'offrant au voyageur ; celui-ci ne put pas
refuser. Il était maintenant assis au bord d'une fosse,
sur laquelle il jeta un rapide regard. D'un côté de la
fosse, la terre qu'on avait retirée formait un talus,
l'appareil se dressait de l'autre côté. « Je ne sais pas »,
dit l'officier, « si le Commandant vous a déjà expliqué
l'appareil. » Le voyageur répondit par un geste évasif
de la main ; l'officier n'en exigeait pas davantage, car
il pouvait maintenant donner lui-même les explications. « Cet appareil », dit-il en saisissant la tige
d'une manivelle, sur laquelle il prit appui, « est une
invention de notre précédent Commandant. J'ai
immédiatement collaboré avec lui dès les premiers
essais et j'ai ensuite participé à tous les travaux
jusqu'à ce que fût atteinte une mise au point parfaite.
Mais le mérite de l'invention ne revient qu'à lui seul.
Avez-vous entendu parler de notre ancien Commandant ? Non ? Je n'exagère pas en disant que toute
l'organisation de la colonie pénitentiaire est son
œuvre. Nous autres, ses amis, nous savions déjà au
moment de sa mort que l'organisation de la colonie est

un ensemble si cohérent que son successeur, eût-il
mille projets en tête, ne pourrait rien changer au
système ancien, tout au moins pendant un grand
nombre d'années. Nos prévisions se sont d'ailleurs
réalisées ; le nouveau Commandant a été obligé de le
reconnaître. Quel dommage que vous n'ayez pas
connu l'ancien Commandant ! — Mais », s'interrom-
pit-il, « je suis là à bavarder, alors que son appareil
est ici devant nous. Il se compose, comme vous voyez,
de trois parties. On a inventé au cours du temps des
appellations quasiment populaires pour désigner chacune de ces trois parties. La partie inférieure s'appelle
le lit, celle d'en haut s'appelle la dessinatrice et celle
qui pend là au milieu se dénomme la herse. » « La
herse ? », demanda le voyageur. Il n'avait pas écouté
très attentivement, le soleil s'enfonçait si profondément dans cette vallée sans ombre qu'on avait du mal
à suivre ses idées. Il n'en éprouvait que plus d'admiration pour l'officier, qui, engoncé dans son uniforme de
parade chargé de lourdes épaulettes et couvert de
brandebourgs, expliquait son affaire avec tant d'ardeur et, tout en parlant, continuait, armé d'un
tournevis, à resserrer encore un boulon ici ou là. Le
soldat semblait être d'une humeur semblable à celle
du voyageur. Il avait enroulé la chaîne du condamné
autour de ses deux poignets, s'appuyait d'une main
sur son fusil, laissait retomber sa tête en arrière et ne
se souciait de rien. Le voyageur ne s'en étonnait pas,
car l'officier parlait en français et certainement ni le
soldat ni le condamné ne connaissaient cette langue.
Cela rendait à vrai dire d'autant plus étonnant le fait
que le condamné s'efforçait de suivre malgré tout les

explications de l'officier. Avec une sorte d'insistance somnolente, il dirigeait toujours ses regards sur les endroits que désignait l'officier et, quand celui-ci fut interrompu par une question du voyageur, il se mit, lui aussi, tout comme l'officier, à regarder ce dernier. « Oui, la herse », disait l'officier, « c'est bien le mot adéquat. Les aiguilles sont disposées comme sur une herse et l'ensemble est manœuvré comme une herse, à cette seule différence près qu'il reste sur place et qu'il est d'une conception bien plus ingénieuse. Vous allez d'ailleurs le comprendre tout de suite. On étend le condamné ici sur le lit. — Je veux, en effet, vous décrire d'abord l'appareil et je ne ferai procéder qu'ensuite à l'opération. Vous pourrez ainsi suivre plus facilement. Et puis, une des roues dentées de la dessinatrice a été trop limée ; elle grince très fort quand elle fonctionne et on ne peut presque plus s'entendre ; il est malheureusement difficile ici de se procurer des pièces de rechange. Voici donc le lit, comme je vous disais. Il est entièrement recouvert d'une couche d'ouate, dont vous saurez bientôt la raison d'être. Le condamné est couché à plat ventre sur cette ouate, tout nu naturellement ; voilà les courroies qui servent à l'attacher, celle-ci pour les mains, celle-là pour les pieds et cette autre pour le cou. Ici, à la tête du lit, où l'homme, comme je vous l'ai dit, est d'abord couché sur le visage, il y a ce petit tampon de feutre, qu'on peut facilement régler de telle sorte qu'il entre juste dans la bouche. Il est destiné à l'empêcher de crier et de se mordre la langue. L'homme est naturellement obligé de prendre le feutre dans sa bouche, sinon la courroie du cou lui

briserait la nuque. « C'est de l'ouate ? », demanda le
voyageur en se penchant en avant. « Oui, bien sûr »,
dit l'officier en souriant, « tâtez donc vous-même. » Il
saisit la main du voyageur et la promena sur le lit.
« C'est une ouate d'une préparation particulière, c'est
pourquoi on a d'abord du mal à la reconnaître ; nous
aurons encore l'occasion de parler de son utilisation. »
Le voyageur était déjà un peu gagné en faveur de
l'appareil ; en plaçant la main au-dessus de ses yeux
pour se protéger du soleil, il levait ses regards vers le
haut de la machine. C'était une construction impo-
sante. Le lit et la dessinatrice étaient de même taille ;
on eût dit deux coffres de couleur sombre. La
dessinatrice était placée à environ deux mètres au-
dessus du lit. Les deux étaient reliés dans les coins par
quatre tiges de laiton, presque étincelantes dans le
soleil. Entre les deux coffres était suspendue la herse,
maintenue par un ruban d'acier.

L'officier avait à peine remarqué la précédente
indifférence du voyageur ; en revanche, il vit bien que
son intérêt commençait maintenant à s'éveiller ; il
s'interrompit donc dans ses explications pour donner
au voyageur tout loisir d'examiner posément l'appareil. Le condamné imitait le voyageur ; comme il ne
pouvait pas lever la main pour protéger ses yeux, le
soleil faisait clignoter ses paupières quand il regardait
en l'air.

« L'homme est donc maintenant couché », dit le
voyageur, en s'appuyant au dossier de son fauteuil et
en croisant les jambes.

« Oui », dit l'officier, en repoussant un peu son
képi en arrière et en passant la main sur son visage

brûlant, « et maintenant, écoutez ! Aussi bien le lit que la dessinatrice ont chacun leur propre batterie électrique ; le lit en a besoin pour lui-même, la dessinatrice pour la herse. Dès que l'homme est ligoté, on met le lit en mouvement. Il se produit alors de minuscules vibrations très rapides à la fois de gauche à droite et de bas en haut, qui font trembler le lit. Vous aurez probablement vu des appareils analogues dans les établissements hospitaliers ; mais, dans notre lit, tous les mouvements sont exactement calculés ; ils doivent en effet être rigoureusement réglés sur les mouvements de la herse. C'est à cette herse qu'est réservée à proprement parler l'exécution du jugement. »

« Comment le jugement est-il donc formulé ? », demanda le voyageur. « Vous ne savez pas cela non plus ? », dit l'officier avec étonnement en se mordant les lèvres. « Excusez-moi, si mes explications sont quelquefois désordonnées ; je vous prie de bien vouloir me pardonner. C'était en effet autrefois le Commandant lui-même qui avait coutume de donner ces explications ; mais le nouveau Commandant s'est affranchi de ce devoir d'honneur ; malgré tout, que, le jour où il reçoit un hôte si distingué » — le voyageur fit des deux mains un geste de protestation, mais l'officier tenait à cette expression — « un hôte si distingué, il ne le mette même pas au courant de la forme que revêtent nos jugements, c'est à nouveau une innovation, qui… », il avait un juron sur les lèvres, mais se ressaisit et se contenta d'ajouter : « On ne m'avait pas avisé, je n'y suis pour rien. D'ailleurs, c'est moi qui suis à vrai dire le mieux qualifié pour

expliquer le mode de nos jugements, car je porte ici »
— dit-il en frappant sur sa poche de tunique, du côté
du cœur, « je porte ici tous les dessins qu'il faut,
tracés de la propre main de l'ancien Commandant. »

« De la propre main du Commandant ? », demanda
le voyageur. « Était-il donc tout en même temps ?
Était-il soldat, juge, ingénieur, chimiste, dessina-
teur ? »

« Parfaitement », dit l'officier en hochant la tête, le
regard fixe et songeur. Puis il examina ses mains ;
elles ne lui parurent pas assez propres pour toucher
les dessins ; il alla donc au baquet les laver à nouveau.
Ensuite, il sortit un petit portefeuille de cuir et dit :
« Notre verdict n'est pas sévère. Au moyen de la
herse, on inscrit sur le corps du condamné le
commandement qu'il a enfreint. En ce qui concerne
par exemple ce condamné-là » — l'officier désigna
l'homme du doigt —, « on va lui écrire sur le corps :
Respecte ton supérieur ! »

Le voyageur jeta sur l'homme un rapide regard ;
lorsque l'officier l'avait montré du doigt, il tenait la
tête baissée et semblait de toutes ses forces tendre
l'oreille pour apprendre quelque chose. Mais les
mouvements de ses grosses lèvres boursouflées, qu'il
serrait l'une contre l'autre, montraient à l'évidence
qu'il ne pouvait rien comprendre. Le voyageur s'apprêtait à poser différentes questions, mais, à la vue de
l'homme, il se contenta de dire : « Connaît-il son
verdict ? » « Non », répondit l'officier, et il s'apprêtait à poursuivre ses explications, quand le voyageur
l'interrompit : « Il ne connaît pas son propre verdict ? » « Non », répéta l'officier ; il resta silencieux

un instant, comme s'il attendait du voyageur une justification plus précise de sa question, puis reprit : « Il serait inutile de le lui faire connaître, puisqu'il va l'apprendre dans sa propre chair. » Le voyageur voulait garder le silence, quand il sentit que le condamné dirigeait son regard sur lui ; il paraissait lui demander s'il approuvait la procédure qu'on venait de lui décrire. Le voyageur, qui s'était déjà reculé dans son fauteuil, se pencha à nouveau en avant et demanda : « Mais il sait au moins qu'il a été condamné ? » « Pas davantage », dit l'officier, en souriant du côté du voyageur, comme s'il attendait encore de lui d'autres propos aussi singuliers. « Non ? », dit le voyageur, en passant la main sur son front, « l'homme ne sait donc pas encore comment sa défense a été accueillie ? » « Il n'a pas eu l'occasion de se défendre », dit l'officier en portant ses regards de côté, comme s'il se parlait à lui-même et voulait éviter d'humilier le voyageur en lui exposant des choses aussi évidentes. « Il faut bien pourtant qu'il ait eu l'occasion de présenter sa défense », dit le voyageur, en se levant de son fauteuil.

L'officier s'aperçut qu'il courait le risque d'être interrompu pour un bon moment dans son explication de l'appareil ; il se dirigea donc vers le voyageur, le prit par le bras et d'un geste de la main lui montra le condamné, lequel, voyant que l'attention était manifestement dirigée vers lui, se mit au garde-à-vous — le soldat lui aussi tira sur la chaîne —, puis il dit : « Voilà comment la chose se présente. J'exerce ici, à la colonie pénitentiaire, les fonctions de juge. En dépit de ma jeunesse. Car j'étais déjà au côté de l'ancien

Commandant dans toutes les affaires pénales et c'est moi qui connais le mieux l'appareil. Le principe en vertu duquel je prononce est que la faute est toujours hors de doute. Les autres tribunaux ne peuvent pas appliquer ce principe, car ils jugent à plusieurs et ont aussi d'autres cours plus importantes au-dessus d'eux. Ici, ce n'est pas le cas ; ou du moins ce ne l'était pas du temps de l'ancien Commandant. Le nouveau, à vrai dire, a déjà manifesté son désir de s'immiscer dans mon tribunal ; mais, jusqu'à présent, je suis toujours parvenu à lui résister et j'y parviendrai encore dans l'avenir. — Vous vouliez qu'on vous explique le cas présent ; il est aussi simple que les autres. Un capitaine est venu ce matin déposer une plainte, selon laquelle cet homme, qui lui a été attribué comme ordonnance et qui dort devant sa porte, s'est endormi pendant son service. Il a en effet la charge, chaque fois que l'heure sonne, de se lever et de faire le salut militaire devant la porte du capitaine. Ce n'est certes pas une tâche bien difficile et c'est un devoir indispensable, car il faut être toujours d'attaque, tant pour la surveillance que pour l'exécution du service. Le capitaine a voulu vérifier, la nuit dernière, si l'ordonnance accomplissait bien sa tâche. Il ouvrit la porte à 2 heures sonnantes et le trouva replié sur lui-même en train de dormir. Il alla chercher l'étrivière et le frappa au visage. Or, au lieu de se lever et de demander pardon, l'homme saisit son maître par les jambes et se mit à le secouer, en criant : « Jette ton fouet ou je te croque ! » — Voilà les faits. Le capitaine est venu me voir, il y a une heure, j'ai consigné ses déclarations et prononcé incontinent le jugement.

Ensuite, j'ai fait enchaîner l'homme. Tout cela était très simple. Si j'avais d'abord fait comparaître l'homme pour l'interroger, cela n'aurait pu que créer de la confusion. Il aurait menti et, si j'étais parvenu à réfuter ses mensonges, il en aurait inventé d'autres, et ainsi de suite. Alors que maintenant je le tiens et je ne le lâche plus. — Tout est-il clair désormais ? Mais le temps passe, l'exécution aurait déjà dû commencer et je n'ai même pas terminé l'explication de l'appareil. » Il invita le voyageur à reprendre place sur son fauteuil, se rapprocha à nouveau de l'appareil et commença son discours : « Comme vous voyez, la herse correspond à la forme du corps ; voici la herse pour le torse et voici les herses pour les jambes. Pour la tête, on a prévu seulement cette petite pointe. Tout cela est-il clair dans votre esprit ? » Il s'inclina aimablement vers le voyageur, prêt à lui donner les explications les plus détaillées.

Le voyageur considérait la herse en plissant le front. Les renseignements qu'on venait de lui communiquer sur la procédure du tribunal ne l'avaient pas satisfait. Il devait se dire, il est vrai, qu'il s'agissait d'une colonie pénitentiaire, où des règles particulières étaient nécessaires et où la discipline militaire devait être appliquée jusqu'au bout. Il plaçait d'autre part quelque espoir dans le nouveau Commandant, qui avait manifestement l'intention d'instituer, assez lentement à vrai dire, une nouvelle procédure, qui ne parvenait pas à entrer dans le cerveau borné de cet officier. En suivant ces pensées, le voyageur demanda si le Commandant allait assister à l'exécution. « Ce n'est pas sûr », dit l'officier, péniblement surpris par

cette question abrupte, au point que l'expression
aimable de son visage disparut tout à coup. « C'est
pour cette raison que nous devons nous dépêcher. Je
vais même être obligé, à mon grand regret, d'abréger
mes explications. Mais je pourrai toujours demain,
quand l'appareil aura été nettoyé — son seul défaut
est de se salir pareillement —, vous donner après coup
des explications plus détaillées. Je m'en tiendrai donc
pour l'instant à l'essentiel. Quand l'homme est étendu
sur le lit et qu'on a mis en route les vibrations de ce
dernier, on abaisse la herse sur le corps. Elle se place
d'elle-même de telle façon que les pointes ne font que
le frôler ; quand l'installation est faite, ce câble d'acier
se tend aussitôt comme une barre. C'est alors que le
jeu commence. Un non-initié ne fait extérieurement
aucune différence entre les châtiments. La herse
donne l'impression de travailler toujours de la même
manière. En vibrant, elle enfonce ses pointes dans le
corps, que le lit, de son côté, fait vibrer lui aussi. Pour
permettre à tout le monde de contrôler l'exécution du
jugement, on a construit la herse en verre. Cela a créé
quelques difficultés techniques, pour y fixer les aiguilles ; mais, après quelques essais, on y est parvenu. Car
nous n'avons jamais marchandé notre peine. Et
maintenant tout le monde peut voir à travers le verre
la sentence s'inscrire sur le corps. Ne voulez-vous pas
vous rapprocher pour regarder les aiguilles ? »

Le voyageur se leva lentement, s'approcha de la
machine et se pencha sur la herse. « Vous voyez », dit
l'officier, « deux sortes d'aiguilles diversement disposées. Toute aiguille longue est couplée avec une
aiguille courte. L'aiguille longue écrit et la courte

projette de l'eau pour laver le sang et laisser toujours l'inscription lisible. L'eau ensanglantée s'échappe ensuite par de petits canaux, pour aboutir au conduit principal, dont le tuyau d'évacuation se termine dans la fosse. » L'officier montra du doigt exactement le trajet que devait suivre l'eau souillée de sang. Lorsque, pour rendre la chose aussi expressive que possible, il plaça les deux mains à l'embouchure du tuyau d'évacuation, comme pour recueillir le liquide, le voyageur releva la tête et en s'aidant de ses mains voulut retourner à reculons jusqu'à son fauteuil. Il s'aperçut alors avec effroi que le condamné avait, comme lui, obéi à l'invitation de l'officier, pour observer de près le mécanisme de la herse. En tirant un peu sur la chaise, il avait entraîné avec lui le soldat somnolent et s'était penché, lui aussi, au-dessus du verre. On le vit chercher, lui aussi, d'un regard incertain, ce que les deux messieurs venaient d'observer ; mais il ne pouvait y parvenir, parce que l'explication lui manquait. Il se penchait d'un côté et de l'autre. Il n'arrêtait pas d'explorer des yeux le verre de la herse. Le voyageur voulut le faire reculer, car ce qu'il faisait était probablement punissable. Mais l'officier le retint d'une main, tandis que de l'autre il prenait une motte de terre sur le remblai et la lançait sur le soldat. Celui-ci ouvrit tout d'un coup les yeux, aperçut ce que le condamné s'était permis de faire, laissa tomber son fusil, planta ses talons dans le sol, tira le condamné en arrière d'une secousse qui l'allongea aussitôt par terre puis le regarda de son haut se débattre en faisant cliqueter ses chaînes. « Remets-le sur ses pieds ! », cria l'officier, car il avait remarqué que l'attention du voyageur se laissait trop distraire par le condamné. Le voyageur penchait même ses regards de l'autre côté de la herse, sans se soucier de celle-ci, intéressé seulement par ce qui arrivait au condamné. « Traite-le comme il faut ! », cria encore l'officier. Il fit en courant le tour de l'appareil, saisit lui-même le condamné sous les bras et, comme il arrivait souvent à celui-ci de glisser sur le sol, il le redressa avec l'aide du soldat.

« Maintenant, je sais tout », dit le voyageur lorsque l'officier fut revenu vers lui. « Sauf l'essentiel », répondit celui-ci, en le prenant par le bras et en lui montrant le haut de la machine. « C'est là, dans la dessinatrice, que se trouve le mécanisme qui commande le mouvement de la herse ; et ce mécanisme est réglé en fonction du dessin prévu par le verdict. J'utilise encore les dessins de l'ancien Commandant. Les voici » — il tira quelques papiers du portefeuille de cuir —, « mais je ne peux malheureusement pas vous les remettre en main propre, ils sont ce que je possède de plus précieux. Asseyez-vous, je vais vous les montrer d'ici, à cette distance vous pourrez tout voir comme il faut. » Il sortit la première feuille. Le voyageur aurait aimé dire un mot d'approbation, mais il ne voyais qu'un labyrinthe de lignes qui s'entrecroisaient en tous sens et recouvraient à tel point le papier qu'on avait peine à apercevoir les espaces blancs qui les séparaient. « Lisez », dit l'officier. « Je ne peux pas », dit le voyageur. « C'est pourtant clair », dit l'officier. « C'est très ingénieux », dit le voyageur pour éluder une réponse, « mais je ne parviens pas à le déchiffrer ». « Oui », dit l'officier en

riant et en remettant le portefeuille dans sa poche,
« ce n'est pas un modèle d'écriture pour les écoliers. Il
faut du temps pour le lire. Vous-même y parviendriez
sans aucun doute. Il ne peut naturellement pas s'agir
d'une écriture simple ; il ne faut pas qu'elle tue
immédiatement, mais seulement dans un délai moyen
d'une douzaine d'heures ; le tournant est calculé pour
se produire à la sixième heure. Il faut donc que de
nombreuses, de très nombreuses fioritures entourent
l'inscription proprement dite ; la véritable inscription
ne concerne sur le corps qu'une étroite ceinture ; le
reste du corps est réservé aux fioritures. Êtes-vous
maintenant en mesure d'apprécier le travail de la
herse et de l'appareil tout entier ? — Regardez
donc ! » Il sauta sur l'échelle, tourna une roue, cria de
là-haut : « Attention ! effacez-vous ! » et tout se mit
en branle. Si la roue n'avait pas grincé, ç'aurait été
magnifique. L'officier, comme s'il était surpris de
cette avarie, menaça la roue du poing, puis, pour
s'excuser, étendit les bras en se tournant du côté du
voyageur ; après quoi, il redescendit vivement pour
observer d'en bas le fonctionnement de la machine.
Quelque chose clochait encore, quelque chose qu'il
était seul à remarquer ; il grimpa à nouveau, fouilla
des deux mains à l'intérieur de la dessinatrice ; puis,
pour redescendre plus rapidement, il se laissa glisser
le long d'une des tiges au lieu d'utiliser l'échelle, après
quoi, pour se faire entendre en dépit du vacarme, il
cria de toutes ses forces dans l'oreille du voyageur :
« Comprenez-vous le fonctionnement ? La herse
commence à écrire, quand elle a terminé la première
inscription sur le dos de l'homme, la couche d'ouate se

met à rouler et tourne lentement le corps sur le côté
pour offrir un nouvel espace à la herse. Pendant ce
temps-là, les endroits à vif viennent se poser sur
l'ouate, qui, grâce à sa préparation spéciale, arrête
immédiatement l'écoulement du sang et les prépare à
recevoir une inscription plus profonde. Les pointes
que vous voyez ici sur le bord de la herse, arrachent
alors l'ouate des plaies et, tandis qu'on fait à nouveau
tourner le corps, l'ouate est jetée dans la fosse et la
herse peut se remettre au travail. Elle continue ainsi à
écrire, toujours plus profondément, douze heures
durant. Pendant les six premières heures, le
condamné continue à vivre à peu près comme par le
passé, à ceci près qu'il souffre. Au bout de deux
heures, on retire le feutre, car l'homme n'a plus la
force de crier. Ici, à la tête du lit, dans cette écuelle
chauffée électriquement, on met du riz, dont
l'homme, quand il en a envie, peut prendre ce qu'il
parvient à attraper avec sa langue. Personne ne laisse
passer cette occasion. Personne, croyez-moi, et j'ai de
l'expérience. C'est seulement à la sixième heure qu'il
perd le goût de la nourriture. J'ai coutume de me
mettre à genoux à ce moment-là pour observer ce
phénomène. Il est rare que l'homme avale la dernière
bouchée, il se contente de la retourner dans sa bouche,
puis il la crache dans la fosse. Je suis obligé de me
baisser, sinon je la recevrais en plein visage. Mais
quelle paix s'établit alors dans l'homme, à la sixième
heure [2] ! L'esprit vient alors aux plus stupides. Cela
commence autour des yeux, puis s'étend à l'entour.
Un spectacle, qui pourrait vous amener à vous
coucher vous-même sous la herse. Il ne se passe

cependant rien de particulier, l'homme commence seulement à déchiffrer l'inscription, il tend les lèvres comme s'il écoutait. Vous avez vu qu'il n'est pas facile de déchiffrer l'écriture avec les yeux ; mais notre homme la déchiffre maintenant avec ses plaies. Ce n'est pas, il est vrai, un mince travail, il faut six heures pour l'accomplir. Mais, à ce moment, la herse l'embroche complètement et le jette dans la fosse où il s'effondre bruyamment sur l'eau sanguinolente et sur l'ouate. La justice a fait son œuvre ; nous n'avons plus qu'à enterrer le corps, le soldat et moi. »

Le voyageur tendait l'oreille, penché du côté de l'officier tout en regardant, les mains dans les poches, le travail de la machine. Le condamné regardait, lui aussi, mais sans comprendre. Il se baissait un peu pour regarder les oscillations des aiguilles, lorsque, sur un signe de l'officier, le soldat coupa par-derrière d'un coup de couteau sa chemise et son pantalon, qui tombèrent sur le sol ; le condamné voulut ramasser ses effets pour couvrir sa nudité, mais le soldat le força à se redresser et fit glisser de son corps les derniers lambeaux. L'officier arrêta la machine, le silence se fit et on fixa les courroies à la place ; on eût dit que, dans le premier moment, le condamné s'en sentit presque soulagé. Mais la herse s'abaissa encore un peu, car l'homme était maigre. Lorsque les pointes l'effleurèrent, un frisson passa sur sa peau ; pendant que le soldat était occupé avec sa main droite, il étendit la main gauche, sans bien savoir dans quelle direction ; mais c'était celle où se trouvait le voyageur. L'officier ne cessait d'épier celui-ci, pour essayer de lire sur son visage l'impression que lui produisait l'exécution, qu'il lui avait maintenant, au moins sommairement, expliquée.

La courroie destinée au poignet se rompit ; le soldat l'avait sans doute trop serrée. On avait besoin de l'aide de l'officier, le soldat lui montrait le bout de courroie déchiré. L'officier alla donc vers lui et dit, tourné vers le voyageur : « La machine comporte un grand nombre de pièces ; il est prévisible que quelque chose se déchire ou se brise de temps en temps ; mais ce n'est pas une raison pour que cela modifie le jugement qu'on porte sur l'ensemble. En ce qui concerne la courroie, en tout cas, la pièce de rechange est immédiatement trouvée ; je vais utiliser une chaîne ; il est vrai que cela affectera un peu la délicatesse des vibrations sur le bras droit. » Et, tout en fixant la chaîne, il dit encore : « Les moyens dont nous disposons pour la maintenance de la machine sont devenus aujourd'hui très limités. Du temps de l'ancien Commandant, il existait une caisse destinée uniquement à cet effet ; je pouvais y puiser à ma guise. Il y avait un magasin où l'on conservait toutes les pièces de rechange imaginables. Je confesse que j'avais presque une tendance au gaspillage ; j'entends autrefois, pas maintenant, comme l'affirme le nouveau Commandant, à qui tous les prétextes sont bons pour combattre les vieilles institutions. C'est lui maintenant qui administre lui-même le budget de la machine et si je fais demander une nouvelle courroie, il exige la courroie usée à titre de justificatif, la nouvelle n'arrive que dix jours plus tard et elle est de moins bonne qualité et ne vaut pas grand-chose. Et entre-temps, personne ne se demande comment faire fonctionner la machine sans courroie. »

Le voyageur réfléchissait : il est toujours scabreux d'intervenir de manière décisive dans les affaires d'autrui. Il ne faisait pas partie de la colonie pénitentiaire, il n'était pas citoyen de l'État auquel elle appartenait. S'il voulait condamner ou, plus encore, empêcher l'exécution, on pouvait lui dire : Tu es un étranger, tu n'as rien à dire. Il n'aurait rien pu répliquer à cela, il aurait seulement pu ajouter qu'il ne comprenait pas lui-même son attitude dans cette affaire, car il voyageait dans l'intention d'ouvrir les yeux et pas du tout pour modifier les coutumes judiciaires des autres. Il faut dire toutefois que, dans ce cas-là, la chose était tentante. L'injustice de la procédure et le caractère inhumain de l'exécution étaient hors de doute. Personne ne pouvait soupçonner chez le voyageur le moindre intérêt personnel, car le condamné lui était inconnu, ce n'était pas un compatriote ni un homme fait le moins du monde pour inspirer la pitié. Le voyageur lui-même était porteur de hautes recommandations, on l'avait reçu ici avec la plus grande courtoisie et le fait qu'il ait été invité à cette exécution semblait même indiquer qu'on souhaitait connaître son opinion sur ce tribunal. Cela était d'autant plus vraisemblable que le Commandant, comme on venait de le lui faire entendre plus que clairement, n'était pas un partisan de ces méthodes et qu'il se conduisait de façon presque hostile envers l'officier.

En cet instant, le voyageur entendit l'officier pous-

ser un cri de fureur. Il venait tout juste, non sans
peine, d'introduire le tampon de feutre dans la bouche
du condamné, quand celui-ci, pris d'une nausée
irrépressible, avait fermé les yeux et s'était mis à
vomir. L'officier le redressa en toute hâte et éloigna sa
bouche du tampon ; il voulait tourner sa tête du côté
de la fosse ; mais il était trop tard, la vomissure coulait
déjà sur la machine. « Tout cela est la faute du
Commandant ! », cria l'officier en secouant, hors de
lui, les tiges de laiton, « voilà qu'on souille ma
machine comme une étable à cochon ! ». Les mains
tremblantes, il montrait au voyageur ce qui s'était
passé. « Ne me suis-je pas échiné pendant des heures
pour essayer de faire comprendre au Commandant
qu'il ne faut plus donner de nourriture un jour avant
l'exécution. Mais la nouvelle tendance, la tendance à
la douceur est d'un autre avis. Les dames qui sont
autour du Commandant bourrent l'homme de sucreries avant qu'on ne l'emmène. Il s'est nourri toute sa
vie de poissons puants et on lui donne maintenant des
sucreries à manger ! Mais, après tout, ce serait encore
admissible, je ne ferais pas d'objection, si seulement
on m'avait envoyé un nouveau feutre, comme je le
demande depuis trois mois. Comment voulez-vous
qu'on mette sans dégoût dans sa bouche un feutre que
plus d'une centaine d'hommes ont sucé et mordu
avant de mourir ? »

Le condamné avait laissé retomber sa tête et
semblait paisible, le soldat était occupé à nettoyer la
machine avec la chemise du condamné. L'officier se
dirigea vers le voyageur, qui, mû par quelque pressentiment, recula d'un pas, mais l'officier le prit par la

main et l'entraîna de côté. « Je voudrais vous dire quelques mots en confidence », dit-il, « puis-je le faire ? » « Certainement », dit le voyageur, qui baissa les yeux et l'écouta.

« La procédure et l'exécution que vous venez d'avoir l'occasion d'admirer n'ont présentement plus aucun partisan éclairé dans notre colonie. J'en suis le dernier défenseur et en même temps l'unique représentant de l'héritage de l'ancien Commandant. Je ne peux plus songer à développer davantage nos méthodes, j'use déjà toutes mes forces à conserver ce qui s'est encore maintenu. Lorsque l'ancien Commandant vivait, la colonie était remplie de ses partisans, j'ai hérité en partie de sa force de persuasion, mais son pouvoir me fait complètement défaut, ce qui fait que ses partisans se cachent ; il y en a encore beaucoup, mais personne ne le professe ouvertement. Si vous allez aujourd'hui, jour d'exécution, à la maison de thé et si vous prêtez l'oreille à ce qui s'y dit, vous n'entendrez peut-être que des propos ambigus. Tous ces gens sont de nos partisans, mais avec le Commandant actuel et ses théories nouvelles, ils sont pour moi inutilisables. Alors, je vous demande : me faut-il, à cause de ce Commandant et de ses femmes, qui l'influencent, laisser péricliter l'œuvre d'une vie entière ? » — il montra du doigt la machine. « A-t-on le droit d'accepter cela ? Même si l'on est un étranger et qu'on ne passe que quelques jours sur notre île ? Mais il n'y a pas de temps à perdre, des choses se fomentent contre ma compétence en matière judiciaire ; il y a déjà eu des délibérations au haut commandement, auxquelles je n'ai pas été convié ;

même votre visite d'aujourd'hui me paraît caractéristique pour la situation dans son ensemble ; comme on est lâche, on vous envoie en avant, vous un étranger. — Ah ! comme l'exécution était différente autrefois ! La veille déjà, la vallée entière était pleine de gens ; ils venaient tous, rien que pour voir ; de grand matin, le Commandant faisait son apparition avec toutes ses dames ; les fanfares réveillaient tout le camp ; je venais annoncer que tout était prêt ; la société — aucun haut fonctionnaire n'avait le droit de manquer — se groupait autour de la machine ; ce tas de fauteuils en rotin est une misérable survivance de ce temps-là. La machine étincelait, fourbie de près ; presque pour chaque exécution, j'utilisais de nouvelles pièces de rechange. Devant des centaines d'yeux — tous les spectateurs étaient dressés sur la pointe des pieds, d'ici jusque sur les collines — le condamné était étendu sous la herse par le Commandant en personne. Ce qu'aujourd'hui un simple soldat a le droit de faire était en ce temps-là la besogne qui me revenait à moi-même, en tant que président du tribunal, une besogne qui me faisait honneur. Et c'est alors que commençait l'exécution ! Aucune fausse note ne dérangeait le travail de la machine. Beaucoup de gens ne regardaient même plus, ils étaient étendus sur le sable, les yeux fermés ; tout le monde savait qu'à ce moment-là, justice était rendue. On n'entendait dans le silence que les soupirs du condamné, étouffés par le tampon de feutre. Aujourd'hui, la machine ne parvient plus à arracher au condamné un soupir assez fort pour n'être pas étouffé par le tampon ; mais, à cette époque, les aiguilles traceuses instillaient goutte à goutte un liquide corrosif, qu'on n'a plus le droit d'utiliser. Enfin !..., mais ensuite venait la sixième heure ! Il était impossible d'accorder à tout le monde le droit de regarder de près. Le Commandant, dans sa sagesse, avait prescrit de donner avant tout priorité aux enfants ; en ce qui me concerne cependant, j'avais, en vertu de mes fonctions, le droit d'être toujours là ; il m'est arrivé souvent d'être accroupi, avec, à droite et à gauche, deux petits enfants dans les bras. Comme nous étions tous là, à recueillir l'expression d'extase sur le visage torturé, comme nous étions tous à tendre nos joues dans la lumière de cette justice enfin atteinte et déjà sur le point de s'évanouir ! Que ces temps étaient beaux, camarade ! » L'officier avait manifestement oublié qui se trouvait devant lui ; il avait pris le voyageur dans ses bras et posé la tête sur son épaule. Le voyageur était dans un grand embarras, il promenait impatiemment ses regards sans les fixer sur l'officier. Le soldat avait terminé son nettoyage, il versait maintenant une portion de riz d'une boîte de conserve dans l'écuelle. À peine le condamné, qui semblait déjà complètement rétabli, s'en fut-il aperçu qu'il commença à laper le riz avec sa langue. À chaque fois, le soldat le repoussait, car le riz était apparemment réservé pour plus tard ; mais il était en tout cas peu admissible de voir le soldat plonger, lui aussi, ses mains sales dans l'écuelle et se mettre à manger sous les regards avides du condamné.

L'officier se ressaisit rapidement. « Mon intention », dit-il, « n'était pas du tout de vous émouvoir, je sais qu'il est impossible de faire comprendre aujourd'hui ce qu'étaient ces temps-là. D'ailleurs, la

machine fonctionne toujours et se suffit à elle-même ;
même isolée dans cette vallée, elle se suffit à elle-
même. Et le cadavre finit toujours par tomber dans la
fosse, dans un mouvement d'une inimaginable douceur, même si des centaines de gens ne se pressent
plus comme des mouches autour de la fosse. Il avait
fallu autrefois faire construire un solide garde-fou
autour de la fosse ; on l'a retiré depuis longtemps. »

Le voyageur chercha à détourner ses yeux du
regard de l'officier et laissa errer le sien au hasard.
L'officier crut qu'il méditait sur l'absence de public
dans la vallée ; aussi le prit-il par les mains, il tourna
autour de lui pour attraper son regard et lui
demanda : « Ne trouvez-vous pas que c'est une
honte ? »

Mais le voyageur gardait le silence. L'officier cessa
un moment de s'occuper de lui ; les jambes écartées,
les mains sur les hanches, il resta sans rien dire, les
yeux tournés vers le sol. Puis il sourit au voyageur
comme pour l'encourager et lui dit : « J'étais près de
vous hier, quand le Commandant vous a invité. J'ai
entendu l'invitation. Je connais le Commandant. J'ai
tout de suite compris quelle était son intention en vous
invitant. Bien qu'il ait assez de pouvoir pour agir
contre moi, il n'ose pas encore, mais il veut me
soumettre à votre jugement, celui d'un étranger de
marque. Il a fait soigneusement ses calculs ; vous
n'êtes dans l'île que depuis deux jours, vous n'avez
pas connu l'ancien Commandant, vous ignorez ses
idées, vous êtes prisonnier de vos conceptions euro-
péennes ; peut-être êtes-vous par principe adversaire
de la peine de mort et tout particulièrement des

exécutions opérées comme celles-ci à la machine. Vous allez voir également que l'exécution a lieu sans que le public s'y intéresse, tristement, au moyen d'une machine déjà un peu endommagée. Ne serait-il pas tout à fait possible, pense le Commandant, que, compte tenu de tout cela, vous estimiez que ma méthode n'est pas la bonne ? Et si vous ne la jugez pas bonne (je parle toujours dans l'esprit du Commandant), vous n'en ferez pas mystère, car vous faites certainement confiance à vos convictions, maintes fois éprouvées. Vous avez aussi appris, il est vrai, à connaître et à respecter les particularités de bien des peuples différents ; aussi ne vous exprimerez-vous probablement pas contre ces méthodes aussi catégoriquement que vous l'auriez fait peut-être dans votre pays. Mais le Commandant n'en demande pas tant. Un mot jeté en passant, une simple parole imprudente lui suffira. Elle n'aura même pas besoin de correspondre à vos convictions, pourvu qu'elle aille en apparence au-devant de ce qu'il souhaite. Je suis certain qu'il saura vous interroger avec astuce. Et toutes les dames feront cercle autour de lui et dresseront l'oreille. Vous direz, par exemple : « Chez nous, la procédure est différente », ou bien : « Chez nous, l'inculpé est interrogé avant le jugement », ou bien : « Chez nous, le condamné a connaissance du verdict », ou bien : « Il existe chez nous d'autres châtiments que la peine de mort », ou bien : « Chez nous, la torture n'a existé qu'au Moyen Âge ». Ce sont là des remarques aussi judicieuses qu'elles vous paraissent évidentes, d'innocentes réflexions qui ne portent pas atteinte à mes méthodes. Mais comment le Comman-

dant va-t-il les accueillir ? Je le vois déjà, notre bon
Commandant, repoussant sa chaise et se précipitant
sur le balcon, je vois ses dames se presser à sa suite,
j'entends d'ici sa voix — les dames l'appellent une
voix de tonnerre — je l'entends dire : « Un grand
savant d'Occident, appelé à examiner les procédés de
la justice dans tous les pays, vient de déclarer que
notre procédure, conforme à d'anciens usages, est
inhumaine. Après ce jugement d'une telle personna-
lité, il ne m'est naturellement plus possible de tolérer
ces méthodes. Je décide donc, à dater d'aujourd'hui,
etc. Vous voulez intervenir, vous n'avez pas du tout
dit ce qu'il proclame ; vous n'avez pas traité mes
méthodes d'inhumaines ; au contraire, avec votre
profond discernement, vous les considérez comme les
plus humaines de toutes, comme celles qui respectent
le mieux la dignité de l'homme, vous admirez aussi
nos machines —, mais il est trop tard ; vous ne
parvenez pas jusqu'au balcon, qui est déjà envahi par
les dames ; vous voulez vous faire entendre, vous
voulez crier, mais la main d'une dame vous ferme la
bouche — et nous voilà perdus et moi-même et
l'œuvre entière de l'ancien Commandant. »

Le voyageur dut réprimer un sourire ; sa tâche,
qu'il avait considérée comme si malaisée, était donc
facile. Il dit, en éludant la réponse : « Vous exagérez
mon influence ; le Commandant a lu ma lettre de
recommandation, il sait que je ne suis pas grand
connaisseur en matière de justice. Si j'exprimais une
opinion, ce serait l'opinion d'un homme privé, qui
n'aurait pas plus d'importance que l'opinion du
premier venu, et en tout cas beaucoup moins d'impor-

tance que l'opinion du Commandant, qui, dans cette colonie pénitentiaire, jouit, à ce que je crois savoir, de droits très étendus. Si son opinion sur ces méthodes est aussi déterminée que vous le croyez, alors je crains bien que la fin de cette procédure ne soit proche, en effet, sans qu'il soit besoin de mon modeste concours. »

L'officier avait-il compris ? Non, il ne comprenait pas encore. Il secoua vivement la tête, jeta un rapide coup d'œil du côté du condamné et du soldat, qui sursautèrent et s'éloignèrent de l'écuelle de riz ; puis, il s'approcha tout près du voyageur et, en portant les yeux, non vers son visage, mais quelque part du côté de son veston, il dit, d'une voix plus basse qu'auparavant : « Vous ne connaissez pas le Commandant ; en face de lui et de nous tous, vous êtes — pardonnez l'expression — un peu candide ; votre influence, croyez-moi, ne saurait être exagérée. J'ai été enchanté d'apprendre que vous deviez assister seul à l'exécution. Cette disposition du Commandant était destinée à me nuire, mais maintenant, je la retourne à mon profit. Sans être distrait par les insinuations mensongères et par les regards méprisants — qui n'auraient pas été évitables si le public avait été plus nombreux — vous avez écouté mes explications, vous avez vu la machine et vous êtes sur le point d'assister à l'exécution. Votre jugement est sûrement déjà établi ; s'il devait encore subsister en vous de petites incertitudes, le spectacle de l'exécution les fera disparaître. Et maintenant, je vous le demande : aidez-moi en face du Commandant. »

Le voyageur ne le laissa pas continuer. « Comment

le pourrais-je ? », s'écria-t-il, « c'est tout à fait impossible. Il ne m'est pas plus possible de vous aider que de vous nuire. »

« Cela vous est possible », dit l'officier. Le voyageur constata, non sans quelque crainte, que l'officier serrait les poings. « Cela vous est possible », répéta l'officier d'un ton encore plus pressant. « J'ai un plan qui doit réussir. Vous croyez que votre influence n'est pas suffisante. Je sais qu'elle est suffisante. Mais, à supposer même que vous ayez raison, n'est-il pas nécessaire, pour sauvegarder cette procédure, de tenter même ce qui peut-être peut s'avérer insuffisant ? Écoutez donc quel est mon projet. Pour le mettre à exécution, il est surtout indispensable qu'aujourd'hui, à la colonie, vous dissimuliez autant qu'il est possible votre sentiment sur notre procédure. À moins de questions directes, ne vous prononcez pas et, si vous avez à parler, il faut que vos déclarations soient brèves et imprécises ; on doit remarquer qu'il vous est difficile de vous exprimer à ce sujet, que les questions vous irritent et que s'il vous fallait parler ouvertement, vous seriez littéralement contraint de tenir des propos violents. Je ne vous demande pas de mentir, il vous suffit de répondre brièvement, par exemple : " Oui, j'ai vu l'exécution " ou " Oui, j'ai entendu toutes les explications ". Uniquement cela, rien d'autre. Quant à l'irritation que l'on doit vous prêter, les motifs ne manquent pas, mais pas dans le sens où l'entend le Commandant. Lui va naturellement se méprendre et l'interpréter dans la direction de ses idées. C'est là-dessus que repose mon plan. Demain doit avoir lieu au quartier général une grande

réunion de tous les hauts fonctionnaires de l'adminis-
tration sous la présidence du Commandant. Le
Commandant a su naturellement transformer ces
séances en de véritables exhibitions. On a construit
une galerie, qui est toujours pleine de spectateurs. Je
suis obligé d'assister aux délibérations, mais j'y vais
secoué de dégoût. Vous allez certainement être invité
à la séance ; si vous vous conduisez aujourd'hui
conformément à mon plan, l'invitation se changera en
prière instante. Mais si, pour quelque raison que
j'imagine mal vous deviez n'être pas invité, il faudra
en tout cas que vous exigiez une invitation ; il n'est
pas douteux que vous en receviez une. Vous voilà
donc demain avec les dames dans la loge du
Commandant. Il vérifie souvent que vous êtes bien là
en lançant des coups d'œil vers le haut de la salle.
Après quelques sujets de discussion indifférents et
ridicules, calculés pour le public — il s'agit, la plupart
du temps, de constructions portuaires, toujours les
constructions portuaires ! — c'est la procédure judiciaire qui viendra sur le tapis. Si le Commandant n'en
prenait pas l'initiative ou s'il ne le faisait pas assez tôt,
je m'arrangerais pour que cela ait lieu. Je me lèverai et
je rendrai compte de l'exécution d'aujourd'hui. Très
brièvement, une simple information. Ce genre de
compte rendu n'est pas habituel, il est vrai, mais je le
ferai quand même. Le Commandant me remercie,
comme toujours, avec un aimable sourire, mais
ensuite, il ne peut pas se retenir et il veut profiter de la
bonne occasion. " Il vient d'être rendu compte de
l'exécution ", dira-t-il à peu près. " Je voudrais
simplement ajouter à cette information que le grand

savant, dont la visite, comme vous le savez tous, constitue pour notre colonie un honneur extraordinaire, assistait à cette exécution. Il est également parmi nous aujourd'hui, ce qui donne à cette séance une importance toute particulière. N'est-ce pas le moment de demander à ce grand savant son opinion sur les exécutions selon l'ancienne coutume et sur la procédure judiciaire qui les précède ? " Naturellement, tout le monde applaudit, l'approbation est générale, je suis le premier à battre des mains. Le Commandant s'incline devant vous et dit : " Dans ce cas, je vous pose la question au nom de tous. " Et alors vous vous avancez jusqu'à la rampe. Posez bien les mains visiblement sur cette rampe, sinon les dames les saisiront et joueront avec vos doigts. — Et maintenant, enfin, vous prenez la parole. Je ne sais pas comment j'aurais pu supporter toutes ces heures d'attente. Dans votre discours, ne vous gênez pas, faites éclater la vérité, penchez-vous sur la rampe et hurlez, mais oui, hurlez votre opinion, votre inébranlable opinion aux oreilles du Commandant. Mais peut-être ne le voulez-vous pas, peut-être cela ne correspond-il pas à votre caractère, peut-être, dans des cas semblables, procède-t-on autrement dans votre pays — fort bien, on s'en accommodera, cela suffira parfaitement, vous n'avez pas besoin de vous lever, dites seulement quelques mots, contentez-vous de chuchoter, il suffit que les fonctionnaires qui sont au-dessous de vous vous entendent. Vous n'avez pas besoin de parler du manque d'intérêt pour l'exécution, de la roue qui grince, de la courroie déchirée, du tampon de feutre dégoûtant, non, je m'occuperai de tout le reste et, croyez-moi, si mon discours ne l'oblige pas à sortir de la salle, il le fera tomber à genoux et proclamer : " Ancien commandant, je m'incline devant toi " — Voilà mon plan ; voulez-vous m'aider à le réaliser ? Mais bien sûr, vous voulez m'aider, je dirai même que vous le devez. » Et l'officier, en saisissant le voyageur par les deux bras, le regarda dans les yeux en respirant péniblement. Il avait crié les dernières phrases, au point que le soldat et le condamné avaient prêté l'oreille ; bien qu'ils ne pussent rien comprendre, ils s'arrêtèrent de manger et se tournèrent vers le voyageur, en continuant à mâcher.

La réponse que devait donner le voyageur n'était pas douteuse ; il la connaissait depuis le commencement ; il avait acquis trop d'expérience au cours de sa vie pour balancer ici un seul instant ; il était fondamentalement honnête et il n'avait pas peur. Il hésita cependant un bref instant à la vue du soldat et du condamné. Mais finalement, il fit la réponse qu'il devait faire ; il répondit : « Non. » L'officier cligna des yeux à plusieurs reprises, mais sans le quitter du regard. « Voulez-vous une explication ? », demanda le voyageur. L'officier fit un signe de tête sans mot dire. « Je suis un adversaire de ces méthodes », dit alors le voyageur, « déjà avant que vous ne m'ayez mis dans votre confidence — dont je n'abuserai naturellement sous aucun prétexte, je m'étais demandé si j'avais le droit d'intervenir contre ces méthodes et si mon intervention pourrait avoir la moindre chance de succès. Je savais très clairement à qui je devais m'adresser d'abord : évidemment au

Commandant. Vous m'avez rendu les choses encore plus claires, mais sans m'avoir toutefois confirmé dans ma résolution ; je suis au contraire sensible à la loyauté de vos convictions, même si elles ne sont pas capables d'ébranler les miennes. »

L'officier resta silencieux, il se tourna vers la machine, saisit l'une des tiges de laiton et, un peu penché en arrière, il leva les yeux du côté de la dessinatrice, comme s'il vérifiait si tout était bien en ordre. Le soldat et le condamné paraissaient s'être liés d'amitié ; le condamné, bien que ce ne fût pas simple pour un homme étroitement ligoté, faisait des signes au soldat, le soldat se penchait vers lui, le condamné lui chuchota quelque chose et le soldat approuva de la tête.

Le voyageur se dirigea vers l'officier et dit : « Vous ne savez pas encore ce que je vais faire. Je vais bien dire au Commandant mon opinion sur la procédure judiciaire, mais je ne le ferai pas en séance publique ; je la lui dirai en tête à tête. D'ailleurs, je ne resterai pas assez longtemps pour qu'on puisse m'entraîner à quelque séance publique que ce soit ; dès demain matin, je m'en irai ou tout au moins je monterai à bord.

On n'avait pas l'impression que l'officier l'eût écouté. « Vous n'avez donc pas été convaincu par nos méthodes », dit-il à part lui, en souriant comme un homme d'âge sourit des sottises que dit un enfant, mais dissimule derrière ce sourire sa pensée véritable.

« Le moment est donc venu », dit-il enfin, en regardant tout à coup le voyageur avec des yeux brillants, qui semblaient exprimer quelque invitation, quelque exhortation à coopérer.

« De quoi le moment est-il venu ? » demanda le voyageur avec inquiétude, mais il n'obtint pas de réponse.

« Tu es libre », dit l'officier au condamné dans la langue de cet homme. Celui-ci tout d'abord ne voulut pas comprendre. « Eh bien quoi ! tu es libre », dit l'officier. Pour la première fois, le visage du condamné prit vraiment une expression de vie. Était-ce vrai ? N'était-ce pas un caprice de l'officier, qui pourrait n'avoir qu'un temps ? Le voyageur étranger avait-il obtenu sa grâce ? De quoi s'agissait-il ? Son visage semblait exprimer toutes ces questions. Mais cela ne dura pas longtemps. Quel que fût le motif, il voulait être libre si c'était possible, vraiment libre et il se mit à s'agiter dans la mesure où la herse le lui permettait.

« Tu vas me déchirer les courroies », cria l'officier, « tiens-toi tranquille ! Nous allons te délier. » Et il se mit au travail avec le soldat, auquel il avait fait un signe. Le condamné se mit doucement à rire tout seul, sans dire un mot, en tournant le visage tantôt à gauche vers l'officier tantôt à droite vers le soldat, sans oublier le voyageur.

« Tire-le de là », ordonna l'officier au soldat. Cela exigeait quelque précaution, à cause de la herse. Le condamné s'était déjà fait quelques égratignures sur le dos à cause de son impatience.

Mais, à partir de ce moment, l'officier ne s'occupa plus guère de lui. Il alla vers le voyageur, sortit à nouveau le petit portefeuille de cuir, fouilla dedans, finit par trouver le papier qu'il cherchait et le montra au voyageur. « Lisez », dit-il. « Je ne peux pas », dit le voyageur, « je vous ai déjà dit que je ne sais pas lire ces papiers. » « Mais regardez donc comme il faut », dit l'officier, en venant à côté de lui pour lire avec lui. Comme cela ne servait non plus à rien, il suivit les caractères du petit doigt, très haut au-dessus du papier, comme si celui-ci ne devait sous aucun prétexte être effleuré ; il essayait ainsi de faciliter au voyageur le travail de la lecture. Le voyageur, pour complaire au moins sur ce point à l'officier, s'appliqua de son mieux, mais en vain. L'officier se mit alors à épeler l'inscription, puis il la lut encore tout entière. « Il est écrit : Sois juste », dit-il, « maintenant vous pouvez pourtant lire. » Le voyageur se pencha si bas sur le papier que l'officier, de peur qu'il ne vînt à le toucher, l'éloigna un peu ; le voyageur ne dit rien, mais il était clair qu'il n'avait toujours rien pu lire. « Sois juste — c'est marqué », répéta l'officier. « C'est possible », dit le voyageur, « je crois volontiers que c'est inscrit là-dessus. » « Bien », dit l'officier, au moins partiellement satisfait et, le papier à la main, il monta sur l'échelle ; avec de grandes précautions, il le plaça dans la dessinatrice et eut l'air de modifier entièrement la disposition des rouages. C'était un travail très pénible, il devait s'agir de toutes petites roues, la tête de l'officier disparaissait parfois tout à fait dans la dessinatrice, tant ces vérifications exigeaient de minutie.

Le voyageur suivait sans cesse d'en bas tout ce travail, il en avait le cou tout raide et les yeux lui faisaient mal sous ce ciel inondé de soleil. Le soldat et le condamné ne s'occupaient que d'eux-mêmes. Le soldat retira de la pointe de la baïonnette la chemise et le pantalon du condamné, qui étaient déjà tombés dans la fosse. La chemise était horriblement sale et le condamné la lava dans le baquet. Lorsqu'il l'eut enfilée, ainsi que le pantalon, le soldat et le condamné ne purent s'empêcher de rire bruyamment, car ces vêtements étaient coupés en deux du haut en bas. Peut-être le condamné se croyait-il obligé de divertir le soldat, car il tourna en rond avec ses habits fendus devant le soldat, qui était accroupi sur le sol et qui se tapait sur les genoux en riant. Ils finirent cependant par se contenir à cause de la présence des deux messieurs.

Quand l'officier eut enfin terminé son travail, il contrôla encore une fois en souriant le mécanisme dans tous ses détails, referma cette fois le couvercle de la dessinatrice, qui était resté ouvert jusqu'alors, redescendit, jeta un coup d'œil dans la fosse et sur le condamné, fut satisfait de voir que celui-ci avait sorti ses vêtements, se dirigea vers le baquet pour se laver les mains, s'aperçut trop tard de l'horrible saleté de l'eau, fut dépité de ne pas pouvoir s'y nettoyer les mains, finalement — cet expédient ne le satisfit pas, mais il dut s'en contenter — il les plongea dans le sable, se releva et se mit à déboutonner la tunique de son uniforme. Ce faisant, les deux mouchoirs de dames qu'il avait glissés dans son col lui tombèrent dans les mains. « Tiens, prends tes mouchoirs », dit-il en les jetant au condamné. Tourné vers le voyageur, il ajouta, en guise d'explication : « Cadeaux des dames. »

En dépit de la hâte manifeste avec laquelle il retira sa tunique, puis se déshabilla entièrement, il prenait le plus grand soin de chacun de ses vêtements, il caressa même du bout des doigts les brandebourgs d'argent de sa veste et secoua un gland pour le remettre en place. En revanche, en apparente contradiction avec tout ce soin, il se hâtait, dès qu'il en avait terminé avec un de ses vêtements, de le jeter d'un geste impatient dans la fosse. Il ne lui resta finalement que sa courte épée avec sa dragonne. Il retira l'épée du fourreau, la brisa en deux, puis ramassa tout à la fois, l'épée, le fourreau et la dragonne et les jeta d'un geste si brusque qu'on les entendit cliqueter dans le fond de la fosse.

Il était maintenant entièrement nu. Le voyageur se mordit les lèvres sans rien dire. Il savait bien ce qui allait se passer, mais il n'avait pas le droit d'empêcher l'officier de faire ce qu'il voulait. Si vraiment la procédure judiciaire à laquelle l'officier était attaché était si près d'être abolie — peut-être à cause de l'intervention du voyageur, à laquelle de son côté celui-ci s'était senti astreint —, alors l'officier faisait tout à fait bien ; à la place de l'officier, il n'aurait pas agi autrement.

Le soldat et le condamné commencèrent par ne rien comprendre ; au début, ils ne regardaient même pas. Le condamné était très heureux d'avoir récupéré les mouchoirs, mais il ne put pas s'en réjouir longtemps, car le soldat les lui arracha d'un geste brusque et qu'il n'avait pas pu prévoir. Le condamné chercha alors à reprendre les mouchoirs que le soldat avait glissés derrière son ceinturon, mais celui-ci était vigilant. Ils se disputèrent de la sorte, à moitié par jeu. C'est seulement quand l'officier fut entièrement nu qu'ils devinrent attentifs. Le condamné surtout semblait frappé, comme s'il pressentait quelque grand revirement. Ce qui lui était arrivé arrivait maintenant à l'officier. Peut-être irait-on cette fois jusqu'à la fin. C'était sans doute le voyageur étranger qui avait donné l'ordre. Il s'agissait donc d'une vengeance. Lui-même n'avait pas été torturé jusqu'au bout, mais c'est jusqu'au bout qu'il allait être vengé. Un large rire silencieux apparut sur son visage et ne le quitta plus.

L'officier s'était tourné du côté de la machine. S'il était déjà apparu auparavant qu'il comprenait bien cette machine, il était maintenant stupéfiant de voir comment il la maniait et comment elle lui obéissait. Il lui avait suffi d'approcher la main de la herse pour qu'elle se lève et retombe à plusieurs reprises, jusqu'à ce qu'elle eût atteint la position correcte pour le recevoir ; il ne fit que toucher le lit sur le bord et déjà celui-ci se mit à vibrer ; le tampon de feutre vint à la rencontre de sa bouche, on vit que l'officier chercha un peu à l'éviter, mais l'hésitation ne dura qu'un instant, bientôt il obéit et le prit entre ses dents. Tout était prêt, seules les courroies pendaient encore sur les côtés, mais elles étaient manifestement inutiles, l'officier n'avait pas besoin d'être ligoté. Mais le condamné remarqua alors ces courroies détachées ; l'exécution ne pouvait pas être parfaite, selon lui, si les courroies n'étaient pas bouclées ; il fit signe au soldat avec insistance et tous deux coururent attacher l'officier. Celui-ci avait déjà avancé un pied pour pousser la manivelle qui devait mettre en marche la dessinatrice ; il retira donc son pied et se laissa ligoter. Mais il ne pouvait plus, dans ces conditions, atteindre la manivelle ; ni le soldat ni le condamné ne sauraient la trouver et le voyageur était résolu à ne pas bouger. Ce ne fut pas nécessaire : à peine les courroies furent-elles attachées que la machine commença déjà à fonctionner ; le lit se mit à vibrer, les aiguilles dansèrent sur la peau, la herse monta et descendit. Il y avait un moment que le voyageur contemplait ce spectacle, quand il se rappela qu'une roue de la dessinatrice aurait dû se mettre à grincer ; mais tout restait silencieux, on n'entendait pas le moindre bourdonnement.

À cause de ce travail silencieux, la machine échappait littéralement à l'attention. Le voyageur regarda du côté du soldat et du condamné. Ce dernier était le plus affairé des deux, tout l'intéressait sur la machine, tantôt il se baissait, tantôt il se penchait en avant ; il avait constamment l'index étendu pour montrer quelque chose au soldat. Le voyageur trouvait cela pénible. Il était décidé à rester jusqu'au bout, mais il n'aurait pas pu supporter longtemps le spectacle de ces deux-là. « Rentrez chez vous », dit-il. Le soldat se serait peut-être trouvé prêt à obéir, mais le condamné considérait littéralement cet ordre comme une punition. Il supplia, les mains jointes, qu'on veuille bien le laisser là et, quand le voyageur secoua la tête pour signifier qu'il ne voulait pas céder, il se mit même à genoux. Le voyageur vit que des ordres ne serviraient à rien, il voulut aller vers eux et les faire partir. À ce moment, il entendit un bruit dans la dessinatrice. Il leva les yeux. Ainsi donc, la roue dentée ne fonctionnait pas ? Mais il s'agissait de quelque chose d'autre. Le couvercle de la dessinatrice se souleva lentement, puis s'ouvrit tout à fait. On vit sortir les dents d'une roue qui se soulevèrent, bientôt apparut la roue tout entière ; on eût dit qu'une grande force comprimait la dessinatrice de telle sorte qu'il ne restait plus de place pour cette roue, qui roula jusqu'au bord de la dessinatrice, tomba par terre, continua un moment bruyamment son chemin sur le sable, puis se coucha sur le sol. Mais déjà une autre roue surgissait, suivie aussitôt de bien d'autres, des grandes, des petites, certaines même imperceptibles, toutes avaient le même destin ; on croyait à tout moment que la dessinatrice était déjà entièrement vide, mais un autre groupe, particulièrement considérable, surgissait, tombait par terre, roulait bruyamment sur le sable et se couchait sur le sol. À ce spectacle, le condamné oublia tout à fait l'ordre du voyageur, les roues dentées l'emplissaient de joie, il essayait toujours d'en attraper une, tout en invitant le soldat à l'aider. Mais il retirait tout de suite la main avec effroi, car une autre roue survenait aussitôt qui, au moins dans son premier élan, l'emplissait de terreur.

Le voyageur, en revanche, était très inquiet ; il était visible que la machine se désarticulait ; son fonctionnement paisible n'était qu'une illusion ; il avait le sentiment qu'il devait maintenant porter secours à l'officier, puisque celui-ci ne pouvait plus intervenir lui-même. Mais, tandis que la chute des roues dentées avait retenu toute son attention, il avait omis d'observer le reste de la machine ; quand la dernière roue eut quitté la dessinatrice et qu'il se pencha sur la herse, une nouvelle surprise l'attendait, pire encore que la précédente. La herse n'inscrivait plus, elle se contentait de piquer ; et le lit ne faisait pas rouler le corps, il le soulevait seulement en vibrant et l'enfonçait dans les aiguilles. Le voyageur voulut intervenir et, si possible, arrêter toute la machine ; car ce n'était plus le supplice que l'officier avait cherché, c'était tout bonnement un assassinat. Il tendit les mains. La herse se tourna sur le côté, après avoir embroché le corps, comme elle ne faisait d'ordinaire qu'à la douzième heure. Le sang coulait en mille ruisseaux (sans s'être mélangé à l'eau, les petits conduits qui devaient amener l'eau n'avaient pas fonctionné, eux non plus). Le dernier mécanisme tomba en panne à son tour, le corps ne se détacha pas des longues pointes, il perdait son sang à grands flots et restait suspendu au-dessus de la fosse sans tomber. La herse s'apprêtait à revenir à sa position première, mais, comme si elle se rendait compte qu'elle n'était pas encore délivrée de son fardeau, elle resta en place, au-dessus de la fosse. « Aidez donc ! » cria le voyageur au soldat et au condamné, en empoignant lui-même les pieds de l'officier. Il voulait prendre appui sur ces pieds, tandis que les deux, de l'autre côté, saisiraient la tête de l'officier ; de la sorte, on pourrait lentement le détacher des aiguilles. Mais les deux hommes ne pouvaient pas se décider à venir, le condamné tourna même carrément le dos ; le voyageur dut aller vers eux et les amener de force vers la tête de l'officier. Ce faisant, il aperçut presque malgré lui le visage du cadavre. Il avait gardé la même expression que quand il était en vie ; on ne pouvait discerner aucun signe de la rédemption promise ; ce que tous les autres avaient trouvé dans la machine, l'officier ne l'avait pas trouvé ; les lèvres étaient serrées, les yeux grands ouverts donnaient l'impression d'être vivants ; le regard était calme et convaincu ; la pointe de la grande aiguille de fer avait traversé le front.

Lorsque le voyageur, suivi du soldat et du condamné, parvint aux premières maisons de la colonie, le soldat lui désigna l'une d'entre elles en disant : « Voilà la maison de thé. »

Au rez-de-chaussée de l'un des bâtiments se trouvait une salle profonde et basse, qui faisait penser à une caverne ; les murs et le plafond étaient brunis par la fumée. Du côté de la rue, elle était ouverte sur toute sa largeur. Bien que la maison de thé se distinguât peu des autres maisons de la colonie, qui, à l'exception du palais du quartier général, étaient toutes très délabrées, elle produisit malgré tout sur le voyageur l'impression d'un souvenir historique et il sentit toute la puissance des anciens temps. Il s'approcha, passa, suivi de ses compagnons entre les tables inoccupées qui étaient installées dans la rue, devant la maison de thé et respira l'air froid et confiné qui venait de l'intérieur. « C'est ici que le vieux est enterré », dit le soldat, « le prêtre lui a refusé une place au cimetière. On a hésité un moment pour savoir où l'inhumer, finalement, on l'a mis ici. C'est une chose que l'officier ne vous a certainement pas racontée ; c'était naturellement ce qui lui faisait le plus honte. Il a même essayé plusieurs fois la nuit de déterrer le vieux, mais on l'a toujours chassé. » « Où est la tombe ? », demanda le voyageur qui ne parvenait pas à croire le soldat. Le soldat et le condamné passèrent aussitôt devant lui en courant et, en étendant le bras, ils lui montrèrent l'endroit où la tombe devait se trouver. Ils conduisirent le voyageur jusqu'au mur du fond, où quelques clients étaient attablés. Il s'agissait probablement d'ouvriers du port, des hommes vigoureux avec des petites barbes noires et brillantes. Aucun d'eux ne portait de veste, leurs chemises étaient déchirées, c'étaient de pauvres gens humiliés. Quand le voyageur s'approcha, quelques-uns se levèrent, se pressèrent contre le mur et regardèrent de son côté. « C'est un étranger », murmurait-on autour du voyageur, « il veut voir la tombe. »

Ils poussèrent une table, sous laquelle se trouvait en effet une pierre funéraire. C'était une simple dalle, assez basse pour pouvoir être cachée sous une table. Elle portait une inscription en petits caractères ; le voyageur dut s'agenouiller pour la lire. Elle disait : « Ici repose l'ancien Commandant. Ses adeptes, qui n'ont aujourd'hui plus le droit de porter un nom ont creusé ce tombeau et posé cette pierre. Une prophétie annonce qu'au bout d'un temps donné, le Commandant ressuscitera et conduira ses adeptes à la reconquête de la colonie. Croyez et attendez ! » Lorsque le voyageur eut lu ces mots et qu'il se fut relevé, il vit les hommes debout autour de lui, qui souriaient, comme s'ils avaient lu l'inscription en même temps que lui, qu'ils l'eussent trouvée risible et qu'ils l'eussent invité à partager leur opinion. Le voyageur fit comme s'il ne le remarquait pas, il leur distribua quelque menue monnaie, attendit encore qu'on eût replacé la table

au-dessus de la tombe ; puis il quitta la maison de thé
et rejoignit le port.

Le soldat et le condamné avaient rencontré à la
maison de thé des gens de leur connaissance, qui les
retinrent. Mais ils avaient dû s'arracher rapidement à
eux, car, à peine le voyageur se trouva-t-il au milieu
du long escalier qui menait aux embarcations, qu'ils
couraient déjà derrière lui. Ils voulaient apparemment
obliger le voyageur au dernier instant à les emmener.
Tandis que le voyageur discutait avec un matelot pour
se faire conduire jusqu'au vapeur, les deux hommes
descendaient l'escalier à toute allure, silencieusement,
car ils n'osaient pas se mettre à crier. Mais, lorsqu'ils
furent parvenus en bas, le voyageur était installé dans
la chaloupe que le matelot éloignait tout juste de la
rive. Ils auraient encore pu sauter dans la barque,
mais le voyageur saisit un lourd cordage à nœuds,
dont il les menaça pour les décourager de sauter.

UN MÉDECIN DE CAMPAGNE

Petits récits

À mon père

LE NOUVEL AVOCAT[1]

Nous avons un nouvel avocat, maître Bucéphale. Peu de choses, dans son aspect extérieur, rappellent le temps où il était encore le cheval de bataille d'Alexandre de Macédoine. Quiconque, cependant, est un peu au courant, ne peut manquer de remarquer certains détails. J'ai même vu récemment sur le perron un huissier de justice sans malice considérer l'avocat d'un air étonné avec le regard expert d'un petit habitué des courses de chevaux, au moment où celui-ci, levant haut les cuisses, gravissait les degrés en faisant sonner le marbre.

En général, le Barreau approuve l'admission de Bucéphale. Avec une perspicacité étonnante, on se dit que Bucéphale se trouve dans une situation difficile dans l'organisation actuelle de la société et que, pour cette raison et aussi à cause de l'importance qu'il a eue dans l'histoire universelle, il mérite qu'on lui témoigne de la bienveillance. Aujourd'hui — c'est un

fait indéniable — il n'existe plus aucun grand Alexandre. Certains, il est vrai, s'entendent encore à tuer ; il
n'est pas rare de trouver certaines gens habiles à
frapper un ami d'un coup de lance par-dessus la table
d'un banquet[2] ; et pour beaucoup, la Macédoine est
trop petite et ils maudissent leur père, le roi Philippe[3]
—, mais personne, personne ne peut plus mener
jusqu'aux Indes. En ce temps-là déjà, les portes des
Indes étaient inaccessibles, mais le glaive du roi
pouvait en indiquer du moins la direction. Les portes
aujourd'hui ont été déplacées, elles sont ailleurs, bien
plus loin et bien plus haut ; personne n'en indique
plus la direction ; beaucoup de gens tiennent des
épées, mais seulement pour les brandir en l'air et le
regard qui tente de les suivre a vite fait de s'égarer.

Peut-être donc, le mieux est-il de faire comme a fait
Bucéphale et de se plonger dans les codes de justice.
Libre, ne sentant plus contre ses flancs les cuisses du
cavalier, assis près de sa lampe paisible, loin du
tumulte de la bataille d'Alexandre, il lit et tourne les
pages de nos vieux livres.

UN MÉDECIN DE CAMPAGNE[1]

J'étais dans un vif embarras : un déplacement
urgent m'appelait[2] ; un grand malade m'attendait
dans un village éloigné de dix lieues ; une forte
tempête de neige emplissait le vaste espace qui me
séparait de lui ; j'avais une voiture, une carriole

légère, à grandes roues, comme celles qui conviennent pour nos routes de campagne; enveloppé dans ma fourrure, ma trousse d'instruments à la main, j'étais déjà dans la cour, prêt à partir; mais le cheval? où était le cheval? Mon propre cheval avait succombé, la nuit précédente à l'excès de labeur dans cet hiver glacial; ma domestique courait en ce moment vers le village pour qu'on lui en prête un; mais c'était sans espoir; je le savais, et recouvert toujours davantage par la neige, plus immobile d'instant en instant, je restais là, désemparé. La fille apparut au portail, seule, agitant sa lanterne; bien sûr, qui prêterait maintenant son cheval pour un tel voyage? Une fois de plus, je mesurai la cour du regard, je ne voyais aucun moyen; distrait, tourmenté, je heurtai du pied la porte délabrée de la soue à cochons, restée inutilisée depuis déjà bien des années. Elle s'ouvrit, en allant et venant sur ses gonds. Une chaleur et une odeur de chevaux émanaient de l'endroit. Une lanterne sourde d'écurie se balançait au bout d'une corde. Un homme accroupi dans l'étroit réduit montrait son visage, aux yeux bleus pleins de franchise. « Dois-je atteler? » demanda-t-il, en rampant à quatre pattes. Je ne savais quoi dire et je me contentai de me baisser pour voir ce qu'il y avait encore dans l'écurie. La servante était debout à mon côté. « On ne sait jamais », dit-elle, « ce qu'on a en réserve dans sa propre maison », et tous deux nous nous mîmes à rire.

« Holà, garçon, holà, la fille », s'écria le palefrenier, et deux chevaux, de fortes bêtes aux reins puissants se frayèrent un chemin l'une derrière l'autre, les pattes collées au corps, inclinant leurs têtes aux formes harmonieuses à la manière des chameaux, et ne franchissant que par de puissants coups de croupe l'ouverture de la porte qu'elles occupaient tout entière. Mais, une fois dehors, les deux bêtes se redressèrent aussitôt sur leurs hautes pattes, le corps enveloppé d'une épaisse vapeur. « Aide-le », dis-je, et la servante docile se hâta de tendre au valet le harnachement pour la voiture. Mais à peine est-elle arrivée près de lui que le valet la prend dans ses bras et applique son visage sur le sien. Elle crie et cherche refuge auprès de moi ; deux rangées de dents s'impriment en rouge sur sa joue. « Animal ! », criai-je avec fureur, « veux-tu le fouet ? », mais aussitôt je me rappelle que c'est un étranger, que j'ignore d'où il vient et qu'il m'apporte volontairement son aide quand tous les autres se dérobent. Comme s'il devinait mes pensées, il ne prend pas mal ma menace ; il se contente de se retourner une fois vers moi, toujours occupé des chevaux. « Montez ! », dit-il ensuite et en effet tout est prêt. Jamais, pensai-je, je n'ai voyagé avec plus bel attelage et je monte joyeusement. « Mais c'est moi qui conduirai, tu ne connais pas le chemin », dis-je. « Bien sûr », dit-il, « je ne pars pas avec vous, je reste avec Rose. » « Non », cria Rose, et, pressentant son destin inéluctable, elle s'enfuit dans la maison ; j'entends cliqueter la chaîne de la porte, qu'elle tire ; j'entends claquer le verrou ; je la vois encore éteindre les lumières dans le vestibule et dans toutes les pièces, qu'elle traverse en courant pour qu'on ne puisse pas la trouver. « Tu pars avec moi », dis-je au valet, « ou je renonce à ma course, si urgente soit-elle. Je n'entends pas te donner cette jeune fille pour prix du voyage. »

« Allons-y gaiement ! » dit-il ; il frappe dans ses mains et la voiture est emportée comme un bout de bois dans un torrent ; j'entends encore la porte de ma maison céder et tomber en éclats sous les coups du valet, puis mes yeux et mes oreilles s'emplissent d'un tumulte qui pénètre également tous mes sens à la fois. Mais cela aussi ne dure qu'un instant ; comme si la ferme de mon malade se trouvait à la porte de chez moi, j'y suis déjà arrivé ; mes chevaux s'arrêtent ; la neige a cessé ; un clair de lune tout à l'entour ; les parents du malade se précipitent hors de la maison ; sa sœur est derrière eux ; on me tire presque hors de ma voiture ; je ne comprends rien aux propos confus qu'on me tient ; dans la chambre du malade, l'air est à peine respirable ; le poêle, dont on a négligé de s'occuper, s'est mis à fumer ; je vais devoir ouvrir la fenêtre, mais je veux d'abord voir le malade. Maigre, sans fièvre, ni froid ni chaud, les yeux vides, sans chemise, le jeune garçon se relève sous l'édredon, se pend à mon cou, me murmure à l'oreille : « Docteur, laisse-moi mourir. » Je me retourne ; personne n'a entendu ; les parents sont là, penchés sans rien dire dans l'attente de mon verdict ; la sœur a approché une chaise pour ma trousse. J'ouvre la trousse et je cherche parmi mes instruments ; le jeune garçon, dans son lit, tend sans cesse les mains vers moi pour me rappeler sa prière ; je prends une pincette, je la passe à la flamme d'une bougie, puis je la repose. « Oui », pensé-je en jurant, « c'est dans ces cas-là que les Dieux vous aident, ils vous envoient le cheval qu'on attendait, ils en ajoutent même un autre à cause de l'urgence et vous font même cadeau d'un palefrenier

par-dessus le marché... » C'est seulement maintenant
que je repense à Rose ; que faire ? Comment la
sauver ? Comment la tirer des mains de ce valet
d'écurie, à dix lieues de là-bas, quand les chevaux
attelés à ma voiture refusent de m'obéir ? Les chevaux
sont parvenus à desserrer les rênes, ils ont, je ne sais
comment, poussé les fenêtres du dehors ; ils ont passé
la tête, chacun à une fenêtre, et, sans se soucier des
cris de la famille, ils contemplent le malade. « Il faut
que je rentre immédiatement », pensé-je, comme si
c'étaient les chevaux qui m'invitaient à partir, mais
j'accepte que la sœur, qui me croit incommodé par la
chaleur, me retire ma fourrure. On me prépare un
verre de rhum ; le vieux me tape sur l'épaule, qu'il me
confie l'être qui lui est le plus cher justifie cette
familiarité. Je secoue la tête ; dans l'étroite cervelle du
vieux, je pourrais me trouver mal : c'est la seule
raison pour laquelle je refuse de boire. La mère est
debout à côté du lit et veut m'attirer de ce côté-là ;
j'obéis et tandis qu'un des chevaux pousse vers le
plafond un grand hennissement, je pose la tête sur la
poitrine du gamin, que ma barbe mouillée fait
frissonner. Ce que j'ai toujours su se confirme : le
gamin se porte bien, il est un peu anémique, un peu
trop imbibé de café par le soin inquiet de sa mère,
mais il est bien portant et le mieux serait de le sortir
du lit avec une bonne bourrade. Je ne suis pas venu
pour réformer le monde et je le laisse au lit. Je suis
employé du district et je fais mon devoir jusqu'au
bout, presque jusqu'à l'excès. Je suis mal payé et
pourtant généreux, charitable avec les pauvres. Il faut
encore que je m'occupe de Rose et finalement le

gamin n'a peut-être pas tort ; moi aussi, j'ai envie de mourir. Que fais-je ici dans cet hiver sans fin ? Mon cheval est crevé, personne au village ne veut me prêter le sien. C'est dans la soue aux cochons qu'il me faut chercher mon attelage ; si le hasard n'y avait pas mis des chevaux, je devrais atteler avec des truies. C'est comme cela. Et je hoche la tête devant la famille. Ils ne savent rien de tout cela, et, s'ils le savaient, ils n'en croiraient pas un mot. Écrire des ordonnances est facile, mais, au demeurant, se faire comprendre des gens, bien difficile. Bon, voilà donc ma visite terminée, on m'a encore une fois dérangé inutilement, j'y suis habitué, le district entier me met à la torture avec ma sonnette de nuit ; mais qu'il m'ait fallu cette fois sacrifier de surcroît Rose, cette jolie fille qui vit chez moi depuis des années, sans que j'aie même pris garde à elle — cette fois, c'en est trop, et il me faut combiner dans ma tête de nombreux stratagèmes pour ne pas me jeter sur cette famille, qui, avec la meilleure volonté, n'est pas capable de me rendre Rose. Mais, quand je ferme ma trousse, que je demande ma fourrure et que la famille est là réunie, le père reniflant le verre de rhum qu'il tient à la main, la mère, probablement déçue par moi — mais qu'attendent donc ces gens-là ? — se mordant les lèvres au milieu des larmes et la sœur agitant un essuie-mains couvert de sang, je suis prêt en quelque sorte à concéder, à certaines conditions, que le gamin est peut-être malade, malgré tout. Je me dirige vers lui, il me sourit, comme si je lui apportais un brouet fortifiant — ah ! voilà maintenant que les deux chevaux se mettent à hennir ; ce bruit a dû être

ordonné en haut lieu pour faciliter l'auscultation — et
maintenant je trouve en effet que le gamin est malade.
Sur le côté droit, dans la région de la hanche, une
blessure s'est ouverte, grande comme la paume de la
main[3]. Rose, d'aspect variable selon les endroits,
sombre au fond, plus claire à mesure qu'on se
rapproche du bord, d'un grain délicat, avec du sang
inégalement accumulé, étalée comme une mine à ciel
ouvert. Voilà de quoi elle a l'air de loin. De près, c'est
encore pis. Qui peut regarder cela sans siffler entre ses
dents ? Des vers, épais et longs comme mon petit
doigt, de chair rose et de surcroît barbouillés de sang,
essaient de ramper vers la lumière, avec leurs nombreuses petites pattes, leur petite tête blanche, mais ils
sont retenus à l'intérieur de la plaie. Pauvre garçon,
on ne peut plus rien pour toi. J'ai découvert ta
grande blessure ; c'est de cette grande fleur que tu
portes au côté que tu vas mourir. La famille est
heureuse, elle me voit m'agiter ; la sœur le dit à sa
mère, la mère à son mari, le père à quelques visiteurs,
qui entrent sur la pointe des pieds, les bras étendus
pour garder l'équilibre, par le clair de lune de la porte
ouverte. « Vas-tu me sauver ? », murmure le garçon
en sanglotant, ébloui par toute cette vie qu'il découvre
dans sa blessure. C'est comme cela que sont les gens
dans mon pays, au médecin ils demandent toujours
l'impossible. Ils ont perdu la foi ancienne ; le curé est
assis chez lui à réduire en charpie les vêtements de
messe, l'un après l'autre ; mais du médecin on attend
qu'il fasse tout, de sa main fragile de chirurgien. Soit !
qu'il en soit comme il vous plaira ; ce n'est pas moi qui
me suis proposé ; si vous voulez m'utiliser pour du

sacré une fois de plus, je vous laisserai faire ; que puis-
je vouloir de mieux, vieux médecin de campagne que
je suis, privé de sa servante ! Et les voilà qui arrivent,
les gens de la famille et les anciens du village et ils me
dépouillent de mes vêtements ; un chœur d'écoliers,
l'instituteur à sa tête, s'est installé devant la maison,
ils chantent sur une mélodie toute simple :

> *Mettez-le nu, il vous guérira.*
> *S'il ne guérit pas, on le tuera !*
> *N'est qu'un docteur, rien qu'un docteur.*

Me voilà donc dévêtu ; et je regarde les gens paisiblement, la tête penchée, les doigts dans ma barbe. Je
suis tout à fait de sang-froid, je me sens supérieur à
tous et je le suis en effet, encore que cela ne me serve à
rien ; car ils me prennent maintenant par la tête et par
les pieds et me portent dans le lit. Du côté du mur, là
où est la blessure. Puis ils quittent tous la chambre ;
on ferme la porte ; le chant s'arrête ; des nuages
passent devant la lune ; les couvertures sont bien
chaudes autour de mon corps ; semblables à des
ombres, les chevaux agitent leurs têtes dans les
lucarnes. « Tu sais », me dit-on à l'oreille, « je n'ai en
toi qu'une confiance très minime. Tu viens aussi de
n'importe où, apporté par le hasard, tu n'es pas venu
de ton plein gré. Au lieu de m'aider, tu viens me
prendre de la place sur mon lit de mort. Si je
m'écoutais, je t'arracherais les yeux. » « C'est vrai »,
dis-je, « c'est une honte. Mais aussi, je ne suis qu'un
médecin. Que faire ? Crois-moi, ce n'est pas facile
pour moi non plus. » « Il me faut donc me contenter

de cette excuse ? Hélas, je suis bien obligé. Je suis
toujours obligé de me contenter. Je suis venu au
monde avec cette belle blessure, je n'avais pas d'autre
équipement. » « Mon jeune ami », lui dis-je, « l'origine de ton erreur est que tu manques d'une vue
d'ensemble. Moi qui ai déjà fréquenté toutes les
chambres de malades à la ronde, je te dis que ta
blessure n'est pas si terrible : ce sont deux coups de
pioche à angle aigu. Il en est beaucoup qui offrent
eux-mêmes leur flanc et qui entendent à peine le bruit
de la pioche dans la forêt ; à plus forte raison, ils
l'entendent encore moins quand elle se rapproche
d'eux. » « En est-il vraiment ainsi ou veux-tu me
tromper, en profitant de ma fièvre ? » « Il en va
vraiment ainsi, crois-en la parole d'honneur d'un
médecin de district et emporte-la de l'autre côté. » Il
m'entendit et resta silencieux. Mais il était temps
maintenant de penser à mon salut. Les chevaux
étaient restés fidèlement à leur place. Ramasser mes
vêtements, ma fourrure et ma trousse fut l'affaire
d'un instant ; je ne voulais pas perdre de temps à
m'habiller ; si les chevaux se hâtaient comme ils
l'avaient fait à l'aller, il me suffirait en quelque sorte
de sauter de ce lit-là dans le mien propre. Docilement,
un des chevaux s'éloigna de la fenêtre ; je lançai le
baluchon dans la voiture ; la fourrure partit trop loin,
elle ne resta suspendue que par une manche à un
crochet. Peu importait. Je bondis sur le cheval. Les
courroies défaites traînant par terre, les chevaux à
peine attachés l'un à l'autre, la voiture brinquebalant
par-derrière et la fourrure pour finir, balayant la
neige. « Allons-y gaiement ! », m'écriai-je, mais nous

n'allions pas gaiement, nous avancions lentement comme de vieux hommes à travers le désert de neige ; derrière nous retentit longtemps la nouvelle chanson des enfants, la chanson maintenant mensongère ·

> *Soyez heureux, amis,*
> *Le docteur aussi est au lit.*

Jamais je n'arriverai chez moi, ma florissante clientèle est perdue ; mon successeur me vole, mais sans profit, car il ne peut pas me remplacer ; dans ma maison sévit l'horrible palefrenier ; Rose est sa victime ; je préfère ne pas y penser. Nu, exposé au froid de cet âge parmi tous infortuné, avec ma carriole terrestre et mes chevaux qui ne sont pas d'ici-bas, le vieil homme que je suis s'en va à la dérive. Ma fourrure pend derrière la voiture, mais je ne peux pas l'atteindre et, parmi ces canailles de malades toujours si remuants, il n'en est pas un seul qui lèverait le petit doigt. Dupé ! je suis dupé ! Il a suffi d'une fois : j'ai obéi à tort à la sonnette de nuit — c'est irréparable à jamais.

LE SPECTATEUR DE LA GALERIE [1]

Si quelque écuyère fragile et poitrinaire, perchée sur son cheval qui flanche, était contrainte, sous la chambrière sans pitié de son patron à tourner en rond dans le manège, passant sur son cheval dans un frémissement d'air, jetant des baisers, roulant les

hanches, sans interruption pendant des mois sous les
yeux d'un public infatigable et que ce jeu se poursui-
vît, dans l'incessant grondement de l'orchestre et des
ventilateurs, jusque dans la grisaille toujours plus
lointaine de l'avenir, accompagné des acclamations
comme de marteaux-pilons dont le bruit tantôt
monte, tantôt baisse, peut-être alors un jeune spectateur de la galerie descendrait-il l'immense escalier
tout au long des gradins et crierait-il : Halte ! au
milieu des fanfares de l'orchestre, toujours prompt à
s'accommoder de toutes les situations.

Mais, comme il n'en est pas ainsi, comme une belle
dame blanche et rose surgit, comme si elle volait,
entre les rideaux que les fiers laquais en livrée ouvrent
devant elle, comme le directeur, cherchant ses regards
avec ferveur, se penche vers elle comme une bête, le
souffle haletant, qu'il l'aide avec mille précautions à
monter sur son cheval pommelé, comme ferait un
grand-père pour une petite-fille chérie qui le quitte-
rait pour un dangereux voyage, qu'il ne peut se
résoudre à donner le signal du départ, puis, finalement, se faisant violence, fait claquer son fouet et
court au côté du cheval, la bouche ouverte, suit d'un
œil attentif tous les sauts de l'écuyère, sans parvenir
jamais à comprendre tout à fait une pareille habileté,
l'avertit du danger par des exclamations en anglais,
exhorte d'un air furieux à la vigilance la plus stricte
les garçons de cirque qui présentent les cerceaux,
conjure l'orchestre en levant les mains de rester
silencieux au moment du grand saut périlleux et aide
enfin la petite femme à descendre de son cheval
frémissant, l'embrasse sur les deux joues et trouve

insuffisants tous les hommages du public, tandis
qu'elle-même, soutenue par lui, dressée sur la pointe
des pieds et entourée de nuages de poussière, les bras
ouverts et sa petite tête renversée en arrière, veut
partager son bonheur avec le cirque entier, — comme
il en est ainsi, le spectateur de la galerie pose son
visage sur la rampe et, s'abîmant dans la marche
finale comme dans un rêve profond, il se met à
pleurer, sans même le savoir.

UN VIEUX PARCHEMIN[1]

On dirait qu'il y a eu beaucoup de négligences dans
la défense de notre patrie. Nous ne nous en sommes
pas inquiétés jusqu'à présent, en continuant à vaquer
à notre travail ; mais les événements de ces derniers
temps nous donnent du souci[2].

J'ai un atelier de savetier sur la place qui se trouve
devant le palais impérial. J'ai à peine ouvert ma
boutique au point du jour que je vois déjà les issues de
toutes les rues qui débouchent ici occupées par des
hommes en armes. Mais ce ne sont pas nos soldats, ce
sont manifestement des nomades venus du Nord.
D'une manière que je ne parviens pas à comprendre,
ils se sont infiltrés jusque dans la capitale, pourtant
très éloignée de la frontière. En tout cas, ils sont bien
là ; on dirait que leur nombre augmente chaque
matin.

Comme il convient à leur nature, ils campent à la

belle étoile, car ils détestent les maisons d'habitation.
Ils s'occupent à affûter leurs épées, à aiguiser leurs
flèches, à s'exercer à cheval. Ils ont changé cette place
paisible, dont la propreté était minutieusement entre-
tenue, en une véritable écurie. Nous essayons quelquefois, il est vrai, de sortir à la dérobée de nos
boutiques, et de retirer au moins les pires ordures,
mais cela se produit toujours plus rarement, car c'est
un effort inutile et qui nous fait en outre courir le
risque de passer sous le sabot des chevaux furieux ou
d'être blessés par les coups de fouet.

On ne peut pas parler avec les nomades. Ils ignorent
notre langue, c'est à peine s'ils ont une langue eux-
mêmes. Pour se comprendre entre eux, ils procèdent à
la façon des choucas. On entend à tout moment ce cri
des choucas. Notre mode de vie, nos coutumes leur
sont aussi incompréhensibles qu'indifférents. C'est
d'ailleurs la raison pour laquelle ils refusent qu'on
leur parle par signes. Tu as beau te décrocher les
mâchoires et te tordre les poignets, ils ne t'auront pas
compris et ne te comprendront jamais. Ils font
souvent des grimaces ; on voit alors le blanc de leurs
yeux se retourner et l'écume sortir de leur bouche,
mais ce n'est pas pour exprimer quelque chose ni pour
faire peur ; ils le font parce que telle est leur nature.
Quand ils ont besoin de quelque chose, ils le prennent.
On ne peut pas dire qu'ils usent de violence. Quand on
les voit tendre la main, on se recule et on leur
abandonne tout.

Ils ne se sont pas fait faute de puiser aussi dans mes
provisions. Mais je ne peux pas me plaindre, quand je
vois par exemple ce qui se passe chez le boucher en

face de chez moi. À peine a-t-il fait entrer sa marchandise, qu'elle lui est déjà retirée et que les nomades la dévorent. Leurs chevaux, eux aussi, mangent de la viande ; on voit souvent un cavalier couché à côté de son cheval et les deux se nourrissent du même morceau de viande, chacun par un bout. Le boucher a peur et n'ose pas faire cesser les livraisons de viande. Nous le comprenons et réunissons de l'argent pour le soutenir. Si les nomades n'avaient plus de viande, qui sait ce qui leur passerait par la tête ? À vrai dire, qui sait ce qui va leur passer par la tête, même s'ils continuent à avoir de la viande tous les jours ?

Dernièrement, le boucher a pensé qu'il pourrait tout au moins s'épargner la peine d'abattre les bêtes : le matin, il a apporté un bœuf vivant. Il ne faut pas qu'il recommence. Je suis resté couché une bonne heure par terre tout au fond de mon atelier, et j'avais accumulé tous mes vêtements, toutes mes couvertures, tous mes coussins au-dessus de moi, uniquement pour ne pas entendre les meuglements du bœuf, sur lequel les nomades se jetaient de toutes parts pour arracher avec leurs dents des morceaux de chair tout chauds. Le calme était revenu depuis longtemps avant que j'eusse le courage de sortir ; comme des buveurs autour d'un tonneau de vin, ils étaient couchés, épuisés, autour des restes de la bête.

C'est précisément à cette époque que je crus avoir aperçu l'empereur lui-même à une fenêtre du palais ; il ne vient jamais d'ordinaire dans ces appartements extérieurs, il vit toujours dans le jardin le plus proche du centre du palais ; mais, cette fois-là, c'est du moins ce qu'il m'a semblé, il était debout à l'une des fenêtres et considérait, la tête baissée, les agissements qui se déroulaient devant son château.

« Que va-t-il se passer ? », nous demandons-nous tous. « Combien de temps allons-nous supporter ce fardeau et ce tourment ? C'est le palais impérial qui a attiré les nomades, mais il ne parvient pas à les chasser. Le portail reste fermé ; la garde, dont la relève autrefois donnait lieu à un défilé militaire, se tient cachée maintenant derrière des fenêtres grillagées. C'est à nous autres, artisans et gens de commerce, qu'est confié aujourd'hui le salut de la patrie ; mais nous ne sommes pas à la hauteur de cette tâche ; nous ne nous en sommes d'ailleurs jamais vantés. Il s'agit d'un malentendu et nous allons en périr.

DEVANT LA LOI[1]

Devant la Loi se tient un gardien. Un homme de la campagne vient un jour trouver ce gardien et le prie de le laisser entrer dans la Loi. Mais le gardien lui dit qu'il ne peut pas en ce moment lui accorder le droit d'entrer. L'homme réfléchit et lui demande alors s'il aura donc plus tard le droit d'entrer. « C'est possible », dit le gardien de la porte, « mais pas maintenant. » Comme la porte qui mène à la Loi est ouverte comme toujours et que le gardien s'efface sur le côté, l'homme se penche pour regarder à l'intérieur à travers le portail. Quand le gardien s'en aperçoit, il se met à rire et lui dit : « Si tu en as tellement envie, essaye donc d'entrer malgré mon interdiction. Mais fais attention : je suis puissant. Et je suis seulement le gardien d'en bas. Mais, de salle en salle, il y a d'autres gardiens, plus puissants les uns que les autres. Même moi, je ne suis pas capable de supporter la vue du troisième. » L'homme de la campagne ne s'attendait pas à des difficultés de ce genre ; la Loi, pense-t-il, doit pourtant être accessible à tout le monde et en tout temps ; mais, quand il regarde mieux maintenant le gardien de la porte dans sa pelisse de fourrure, qu'il voit son nez pointu, sa barbe longue et rare, une barbe noire de Tartare, il se résout malgré tout à attendre plutôt le moment où il aura l'autorisation d'entrer. Le gardien lui donne un tabouret et le laisse s'asseoir à côté de la porte. Il reste assis là des jours et des années. Il fait de nombreuses tentatives pour être admis et il fatigue le gardien par les prières qu'il lui adresse. Le gardien lui fait subir parfois de petits interrogatoires, il l'interroge sur son pays natal et sur beaucoup d'autres choses, mais ce sont des questions posées avec indifférence, comme font les grands seigneurs ; en conclusion desquelles il lui dit à chaque fois qu'il ne peut pas encore le laisser entrer. L'homme, qui s'est soigneusement équipé pour son voyage, utilise tous ses biens, même les plus précieux, pour soudoyer le gardien. Celui-ci accepte tout, mais en disant : « Je le prends seulement pour que tu ne croies pas avoir rien négligé. » Pendant toutes ces années, l'homme ne cesse presque jamais de considérer le gardien du regard. Il en oublie les autres

gardiens et celui-ci lui paraît être le seul obstacle à son
entrée dans la Loi. Il maudit le hasard malheureux ;
dans les premières années à voix haute et sans se
gêner ; plus tard, à mesure qu'il vieillit, il se contente
de marmonner. Il tombe en enfance et comme, au
cours des longues années où il a étudié le gardien, il a
fini par connaître aussi les puces dans son col de
fourrure, il supplie également les puces de l'aider et de
fléchir le gardien. À la fin, sa vue baisse et il ne sait
plus si c'est la lumière autour de lui qui est tombée ou
si seulement ses yeux l'ont trompé. Mais il reconnaît
maintenant dans l'obscurité une lumière qui perce à
travers la porte de la Loi, une lumière inextinguible. Il
ne lui reste plus longtemps à vivre désormais. Avant
sa mort, toutes les expériences qu'il a faites au cours
des années se pressent dans sa tête et s'unissent en une
question, qu'il n'a pas encore posée au gardien. Il lui
fait un signe, car il ne peut plus maintenant redresser
son corps presque paralysé. Le gardien doit se pencher très bas vers lui, car leur différence de taille s'est
beaucoup modifiée au détriment de l'homme de la
campagne. « Que veux-tu donc encore savoir ? », lui
demande le gardien, « tu es insatiable. » « Tout le
monde cherche à atteindre la Loi », dit l'homme,
« d'où vient qu'au cours de toutes ces années, personne d'autre que moi n'ait demandé à entrer ? » Le
gardien comprend que l'homme est près de sa fin et,
pour accéder encore à son oreille, qui est devenue
faible, il se met à hurler : « Ici, personne d'autre que
toi ne pouvait avoir droit d'accueil, car cette entrée

n'était destinée qu'à toi seul. Je m'en vais maintenant fermer cette porte. »

CHACALS ET ARABES[1]

Nous avions dressé le camp dans l'oasis. Mes compagnons de voyage dormaient. Un grand Arabe vêtu de blanc passa près de moi, il venait de porter leur pitance aux chameaux et rejoignait sa couche.

Je me jetai dans l'herbe; je voulais dormir mais n'y parvenais pas; un chacal hurlait plaintivement dans le lointain; je me relevai. Et le bruit éloigné fut soudain tout près de moi. J'avais un grouillement de chacals autour de moi; des yeux d'or mat, qui brillaient, puis s'éteignaient; des corps sveltes qui s'agitaient mécaniquement avec agilité, comme sous le fouet.

L'un d'eux arriva par-derrière et, en passant sous mon bras, se pressa étroitement contre moi, comme s'il avait besoin de ma chaleur; puis, il passa devant moi et, ses yeux presque dans mes yeux, il me dit :

« Je suis le plus vieux de tous les chacals à la ronde. Je suis heureux de pouvoir encore te saluer ici. J'en avais déjà presque perdu l'espoir, voilà un temps infini que nous t'attendons; ma mère t'a attendu et sa mère et toutes les mères, en remontant jusqu'à la mère de tous les chacals. Crois-moi. »

« Je suis étonné », dis-je, en oubliant d'allumer le tas de bois préparé, dont la fumée devait éloigner les chacals, « je suis très étonné de ce que j'entends. C'est par hasard que je viens ici, parti du grand Nord et mon voyage sera de courte durée. Que voulez-vous donc, chacals ? »

Alors, comme encouragés par ces propos, peut-être trop aimables, ils resserrent le cercle; leur haleine était brève et rauque.

« Nous savons », commença le plus vieux des chacals, « que tu viens du Nord, c'est bien là-dessus que se fonde notre espérance. Là-bas règne l'intelligence, qu'on chercherait en vain ici chez les Arabes. De cet orgueil glacé, il est impossible, tu sais, de faire jaillir la moindre étincelle d'intelligence. Ils tuent des animaux pour les dévorer et ils dédaignent les charognes. »

« Ne parle pas si fort », lui dis-je, il y a des Arabes qui dorment tout près d'ici. »

« Tu es bien un étranger », dit le chacal, « sinon tu saurais que jamais, dans toute l'histoire de l'univers, un chacal n'a eu peur d'un Arabe. Ils devraient nous faire peur ? N'est-ce pas déjà un malheur suffisant que d'être relégués au milieu d'un tel peuple ? »

« Il se peut », dis-je, « il se peut, je ne me permets pas de porter un jugement sur des choses si éloignées de moi; ce semble être une très vieille querelle; c'est donc une chose qui vient du sang, et qui ne se terminera peut-être que dans le sang. » « Tu es très intelligent », dit le vieux chacal; et leur haleine se fit plus courte encore, leurs poumons haletaient, bien qu'ils restassent immobiles, une odeur âcre, qu'on ne pouvait supporter par moments qu'à condition de serrer les dents, s'échappait de leurs gueules ouvertes,

« tu es très intelligent, ce que tu dis correspond à notre vieille doctrine. Nous allons donc prendre leur sang et la querelle sera terminée. »

« Oh ! », dis-je plus vivement que je ne le voulais, « ils vont se défendre ; ils vont vous abattre par hardes entières avec leurs carabines. »

« Tu ne nous comprends pas », dit-il, « c'est bien la façon de penser des hommes, qu'on retrouve donc même dans le grand Nord. Il ne s'agit pas de les tuer. Le Nil n'aurait pas assez d'eau pour nous laver de cette souillure. La seule vision de leur corps vivant suffit déjà à nous faire fuir là où l'air est plus pur, dans le désert, devenu pour cette raison notre terre d'élection. »

Et tous les chacals à la ronde, que d'autres, venus de loin, avaient rejoints, plongèrent leur tête entre leurs griffes de devant et la frottèrent de leurs pattes comme pour la laver ; on eût dit qu'ils voulaient cacher une répulsion si terrible que j'aurais souhaité d'un bond audacieux fuir loin de leur société.

« Quel est donc votre projet ? », demandai-je ; j'essayai de me lever, mais je ne pus ; deux jeunes chacals avaient planté leurs crocs par-derrière dans ma veste et ma chemise ; je fus obligé de rester assis. « Ils tiennent ta traîne », dit le vieux chacal d'un ton grave, en guise d'explication, « c'est une façon de te rendre hommage. » « Qu'ils me lâchent ! », criai-je, tourné tantôt vers le vieux, tantôt vers les jeunes. « Ils vont te lâcher, naturellement, puisque tu le demandes », dit le vieux, « mais cela va durer un moment, car ils ont mordu profondément, comme le veut notre coutume et ne peuvent que lentement desserrer les mâchoires. En attendant, écoute ce que nous te demandons. » « Votre attitude ne m'a pas vraiment prévenu en votre faveur », dis-je. « Ne nous tiens pas rigueur de notre maladresse », dit-il, en utilisant pour la première fois le ton plaintif de sa voix naturelle, « nous sommes de pauvres bêtes, nous n'avons que nos dents ; pour tout ce que nous voulons faire, en bien comme en mal, nous en sommes réduits uniquement à nos dents. » « Que veux-tu donc », lui demandai-je, à peine radouci.

« Seigneur », s'écria-t-il, et tous les chacals se mirent à glapir ; aussi loin que portait l'oreille, on eût cru une mélodie. « Seigneur, il faut mettre fin à la querelle qui divise le monde. C'est ainsi exactement que nos anciens ont décrit celui qui le fera. Il nous faut la paix, du côté des Arabes ; il nous faut un air respirable, un horizon tout entier purifié de leur vue et de leur présence ; nous voulons ne plus entendre le cri des moutons égorgés par l'Arabe ; toutes les bêtes doivent crever en paix ; il faut que nous puissions sans gêne boire leur sang jusqu'à la dernière goutte et les nettoyer jusqu'aux os. Nous voulons de la propreté, rien que de la propreté » — maintenant, ils s'étaient mis tous ensemble à verser des larmes et à sangloter —, « comment peux-tu supporter qu'il en aille ainsi par le monde, homme au noble cœur et aux douces entrailles ? Leur blanc est souillure ; leur noir est souillure ; leur barbe est une horreur ; on est forcé de cracher, rien qu'à voir la commissure de leurs yeux et s'ils lèvent le bras, c'est l'enfer qui s'ouvre sous leurs aisselles. C'est pourquoi, Seigneur, c'est pourquoi, cher Seigneur, il faut qu'avec l'aide de tes mains toutes-puissantes tu leur tranches la gorge avec les ciseaux que voilà. » Il fit un signe bref de la tête, sur quoi un chacal arriva, portant à l'un de ses crocs une petite paire de ciseaux de couture, couverts d'une vieille couche de rouille.

« Ah ! voilà enfin les ciseaux, c'est fini ! », s'écria le guide arabe de notre caravane, qui s'était glissé jusqu'à nous contre le vent et brandissait maintenant son immense fouet.

Tous se dispersèrent au plus vite, mais ils restèrent à quelque distance, étroitement accroupis les uns contre les autres ; toutes ces bêtes raidies étaient si étroitement serrées qu'on eût dit un petit parc à moutons environné de feux follets.

« Ainsi, Seigneur », dit l'Arabe, « tu as vu ce théâtre, tu as entendu cette comédie », et il se mit à rire aussi joyeusement que le permettait la retenue ordinaire de sa race. « Tu sais donc ce que veulent ces bêtes ? », demandai-je. « Naturellement, Seigneur », dit-il, « tout le monde sait cela ; aussi longtemps qu'il y aura des Arabes, ces ciseaux parcourront le désert, ils chemineront avec nous jusqu'à la fin des temps. Dès que passe un Européen, on les lui propose pour le grand œuvre. Le premier Européen venu est exactement celui qui leur paraît propre à cette besogne. Ces bêtes vivent avec un espoir insensé ; ce sont des fous, de vrais fous. C'est pour cela que nous les aimons bien ; ce sont nos chiens, ils sont plus beaux que les vôtres. Regarde donc : un chameau est mort, cette nuit, je l'ai fait amener ici. »

Quatre porteurs arrivèrent et jetèrent le pesant cadavre devant nous. À peine fut-il là que les chacals

firent entendre leur voix. Chacun d'eux, comme tiré
irrésistiblement par une corde, approcha, en hésitant,
en frottant le sol de son ventre. Ils avaient oublié les
Arabes, ils avaient oublié leur haine, la présence du
cadavre avec sa forte odeur avait tout effacé et les
tenait fascinés. Déjà l'un d'eux s'était accroché au cou
du chameau et, du premier coup de dents, avait
troué l'artère. Comme une petite pompe forcenée qui
veut à toute force éteindre un immense incendie sans
espoir d'y parvenir, chaque muscle de leur corps
travaillait, tressaillait à sa place. Et déjà tous, occupés
au même labeur, recouvraient le cadavre, empilés les
uns sur les autres.

Le guide, à cet instant, fit vigoureusement claquer
son fouet cinglant de droite et de gauche au-dessus
d'eux. Ils relevèrent la tête ; à demi évanouis, à demi
pris d'ivresse ; ils aperçurent les Arabes devant eux ;
les coups de fouet maintenant leur frappaient le
museau ; ils firent un bond en arrière et reculèrent un
peu. Mais le sang du chameau formait déjà des
flaques ; il en montait de la fumée ; le corps était
largement ouvert en plusieurs endroits. Ils ne pouvaient pas résister, ils étaient à nouveau là ; le guide
avait à nouveau levé son fouet, je retins son bras.

« Tu as raison, Seigneur », dit-il, « laissons-les
faire leur métier. Il est d'ailleurs temps de partir. Tu
les as vus. D'étranges bêtes, n'est-ce pas ? Et comme
elles nous détestent ! »

UNE VISITE À LA MINE [1]

Aujourd'hui, les ingénieurs principaux sont descendus au fond, là où nous sommes. Il a dû y avoir un ordre de la Direction pour faire ouvrir de nouvelles galeries et les ingénieurs sont venus prendre les toutes premières mesures. Que ces gens sont jeunes et pourtant si différents déjà les uns des autres ! Ils se sont tous développés librement et leur caractère nettement défini apparaît en toute clarté, en dépit de leur jeune âge.

L'un, qui a les cheveux noirs et la démarche vive, promène les yeux de tous côtés.

Un second, un calepin à la main, prend des notes tout en marchant, regarde autour de lui, compare, enregistre.

Un troisième, les mains dans les poches de sa veste, ce qui a pour effet de tendre ses vêtements sur son corps, marche en redressant l'échine ; il garde sa dignité ; c'est seulement dans le fait qu'il n'arrête pas de se mordre les lèvres que se trahit une jeunesse impatiente, qu'il ne parvient pas à réprimer.

Un quatrième donne au troisième des explications que celui-ci ne lui a pas demandées ; il est plus petit que lui, il court à ses côtés comme s'il voulait le tenter et semble, l'index toujours en l'air, lui psalmodier une litanie sur tout ce qu'il y a à voir ici.

Un cinquième, peut-être le plus élevé dans la hiérarchie, n'accepte pas qu'on l'accompagne ; il est

tantôt devant, tantôt derrière ; le groupe règle son pas
sur le sien ; il est pâle et faible ; la responsabilité a
creusé ses yeux ; souvent, en réfléchissant, il porte la
main sur son front.

Le sixième et le septième marchent un peu penchés ; leurs têtes se touchent presque ; ils vont bras
dessus bras dessous, engagés dans un entretien confi-
dentiel ; si nous n'étions pas manifestement dans
notre mine de charbon et à notre lieu de travail, dans
la galerie la plus profonde, on pourrait croire que ces
messieurs au visage osseux et imberbe, avec leur nez
en pomme de terre, sont de jeunes ecclésiastiques.
L'un d'eux rit sous cape presque tout le temps et fait
penser à un chat qui ronronne ; l'autre, tout en
souriant lui aussi, mène la conversation et on dirait
que de sa main libre, il bat la mesure pour accompa-
gner ses paroles. Comme il faut que ces deux messieurs soient sûrs de leur situation et que de mérites ils
ont dû déjà acquérir dans la mine malgré leur
jeunesse pour pouvoir, au cours d'un acte professionnel si important et sous les yeux de leur chef,
s'occuper sans se troubler de leurs propres affaires ou
tout au moins d'affaires sans rapport direct avec leur
mission présente ! Ou bien est-il possible que, malgré
leur rire et leur inattention, ils remarquent cependant
fort bien tout ce qu'il y a lieu de remarquer ? On ose à
peine formuler un jugement assuré quand il s'agit de
tels personnages.

Mais, d'un autre côté, il est hors de doute aussi que
le huitième, par exemple, est beaucoup plus près de
son travail que ces deux-là et même que tous les
autres. Il faut qu'il mette la main sur tout et qu'il

tapote tout au moyen d'un petit marteau, qu'il n'arrête pas de tirer de sa poche et de remettre à sa place. Quelquefois, il s'agenouille dans la boue, malgré ses vêtements élégants et tapote le sol ; puis, tout en marchant, il tapote les murs ou la paroi au-dessus de sa tête. Une fois, il s'était couché de tout son long et restait immobile ; nous pensions déjà qu'il était arrivé un malheur, mais il se releva soudain d'un petit soubresaut de son corps svelte. Il venait seulement de se livrer à une nouvelle vérification. Nous croyons connaître notre mine et toutes les pierres qu'elle contient. Mais nous ne parvenons pas à comprendre ce que cet ingénieur vérifie constamment de la sorte.

Un neuvième pousse devant lui une sorte de voiture d'enfant, dans laquelle sont placés les instruments de mesure. Ce sont des appareils extrêmement précieux, délicatement enfouis dans du coton. C'est apparemment le garçon qui devrait pousser ce chariot, mais on ne le lui confie pas ; il a fallu faire appel à un ingénieur, qui, à ce qu'on voit, accomplit volontiers ce travail. C'est, semble-t-il, le plus jeune et sans doute ne connaît-il pas encore tous les appareils, mais il ne les quitte pas des yeux, on dirait presque qu'il risque parfois de pousser la voiture dans le mur.

Mais il y a un autre ingénieur, qui marche à côté du chariot et qui évite que cela ne se produise. Celui-ci connaît visiblement à fond les appareils ; il semble être celui qui est directement chargé de veiller sur eux. De temps en temps, sans arrêter le chariot, il prend une pièce qui appartient à l'un des appareils, regarde au travers, serre ou desserre un boulon, secoue la

pièce, la tapote, la porte à son oreille, écoute ; enfin,
— l'ingénieur qui pousse le chariot s'arrête généralement à ce moment —, il y dépose avec mille précautions le minuscule objet, à peine visible à distance. Cet
ingénieur est un peu autoritaire, mais c'est seulement
à cause des appareils. À dix pas du chariot, nous
devons déjà nous effacer, même lorsqu'il n'y a pas de
place pour reculer.

Derrière ces deux messieurs s'avance le garçon, qui
reste inoccupé. Ces messieurs ont depuis longtemps
déposé tout orgueil, comme il est naturel avec leur
grand savoir ; le garçon, en revanche, semble avoir
accumulé tout l'orgueil sur sa personne. Une main
dans le dos, caressant de l'autre ses boutons dorés ou
le drap fin de sa tunique d'uniforme, il incline souvent
la tête vers la droite ou vers la gauche, comme si nous
l'avions salué et qu'il veuille nous répondre ou comme
s'il supposait que nous l'ayons salué, sans pouvoir, de
sa hauteur, vérifier que c'est bien le cas. Nous ne le
saluons évidemment pas, cependant on croirait, à le
voir, que c'est une chose extraordinaire que d'être
garçon de bureau à la Direction des mines. Certes,
nous rions derrière son dos ; mais, comme la foudre ne
pourrait le décider à se retourner, il reste à nos yeux
incompréhensible et comme tel il a droit à une part de
notre respect.

On ne travaillera plus guère aujourd'hui ; l'interruption a été trop riche d'enseignements ; une telle
visite vous enlève toute idée de travail. Il est trop
tentant de suivre ces messieurs du regard, dans
l'obscurité de la galerie d'essai, dans laquelle tous ont
disparu. D'ailleurs, notre équipe aura bientôt achevé

son temps de travail ; nous ne serons plus là pour voir
le retour de ces messieurs.

LE PLUS PROCHE VILLAGE[1]

Mon grand-père avait coutume de dire : « La vie
est étonnamment brève. Elle se ramasse aujourd'hui à
tel point dans mon souvenir que je comprends, par
exemple, à peine qu'un jeune homme puisse se
décider à partir à cheval pour se rendre au plus
proche village, sans craindre que — tout hasard
malheureux écarté — une existence ordinaire et se
déroulant sans heurts ne suffise pas, et de loin, pour
une promenade telle que celle-là.

UN MESSAGE IMPÉRIAL[1]

L'Empereur, dit-on, t'a envoyé un message ; à toi,
le plus lamentable de ses sujets, ombre infime qui
cherche abri dans le plus lointain du lointain devant
l'éclat de son soleil, c'est à toi en particulier que
l'Empereur, depuis son lit de mort, a adressé un
message. Il a demandé au messager de s'agenouiller
auprès de son lit et il lui a chuchoté le message à voix
basse ; l'affaire avait pour lui tant d'importance qu'il
se l'est fait répéter à l'oreille. D'un signe de tête, il a
confirmé l'exactitude du propos. Et devant tous ceux
qui assistaient au spectacle de sa mort — toutes les

cloisons qui peuvent faire obstacle sont abattues et sur
le haut et vaste perron aux amples courbes, tous les
Grands de l'Empire forment cercle —, devant tous ces
gens, il a dépêché le messager. Le messager s'est tout
de suite mis en route ; c'est un homme vigoureux,
infatigable ; en avançant tantôt un bras tantôt l'autre,
il se fraye un chemin à travers la foule ; s'il rencontre
une résistance, il montre sa poitrine, où figure le signe
du soleil ; il avance d'ailleurs aisément, mieux qu'aucun autre ne pourrait le faire. Mais la foule est si
grande, ses demeures s'étendent à perte de vue. Qu'il
bondirait, s'il trouvait le champ libre ! et tu ne
tarderais à entendre sur la porte le bruit merveilleux
de ses poings. Mais, au lieu de cela, que ses efforts
sont vains ! Il en est encore à s'ouvrir un chemin à
travers les appartements du centre du palais ; jamais
il ne parviendra à les traverser ; et, s'il réussissait, rien
ne serait gagné pour autant ; il lui faudrait se battre
pour descendre l'escalier et, s'il réussissait, rien ne
serait gagné encore ; il lui faudrait franchir les cours ;
et, après les cours, le second palais, qui entoure le
premier ; puis des escaliers à nouveau et d'autres
cours, et encore un palais ; et il en serait ainsi pendant
des millénaires ; et s'il surgissait enfin de l'ultime
portail — mais jamais, non jamais il n'y parviendra
— c'est alors qu'il trouverait devant lui la ville
impériale, le milieu du monde, tout encombrée de sa
propre lie. Là, personne ne pénètre, surtout avec le
message d'un mort. — Mais toi, tu restes assis à ta
fenêtre et tu rêves du message, tandis que le soir
tombe.

LE SOUCI DU PÈRE DE FAMILLE [1]

Les uns disent que le mot Odradek vient du slave et cherchent en conséquence à établir la formation du mot. D'autres, en revanche, pensent qu'il vient de l'allemand et qu'il n'a été qu'influencé par le slave. Mais l'incertitude des deux interprétations permet à bon droit de conclure qu'aucune des deux n'est exacte, d'autant que ni l'une ni l'autre ne permet de donner un sens à ce mot.

Personne, naturellement, ne se livrerait à ces spéculations s'il n'existait pas vraiment un être qui s'appelle Odradek. À première vue, il ressemble à une bobine de fil plate, en forme d'étoile et on dirait en effet qu'il est entouré de fil ; à vrai dire, il ne pourrait s'agir que de vieux bouts de fil dépareillés, de toute nature et de toute couleur, noués bout à bout, mais aussi emmêlés les uns dans les autres. Mais ce n'est pas seulement une bobine : du centre de l'étoile sort aussi un petit bâtonnet transversal et à ce bâtonnet un autre bout de bois vient encore s'ajuster à angle droit. À l'aide de ce bout de bois d'un côté, et d'une des extrémités de l'étoile de l'autre, le tout parvient à tenir debout comme sur des jambes.

On serait tenté de penser que cet objet a eu dans le passé une forme fonctionnelle et qu'on ne le voit aujourd'hui que brisé. Mais ce ne semble pas être le cas ; rien ne montre du moins qu'il en soit ainsi ; nulle part on ne trouve de pièce rapportée ni de trace de fracture qui autorise à le penser ; le tout paraît, en effet, vide de sens, mais se suffisant à lui-même. On ne peut d'ailleurs rien dire de plus à ce sujet, car Odradek est extraordinairement mobile et il est impossible de l'attraper.

Il se tient alternativement au grenier, dans la cage d'escalier, dans les couloirs, dans le vestibule. Il disparaît quelquefois pendant des mois, c'est sans doute qu'il est allé s'installer dans d'autres maisons, mais il revient immanquablement dans la nôtre. Quelquefois, quand on passe la porte et qu'on le trouve en bas, appuyé contre la rampe de l'escalier, on a envie de lui adresser la parole. On ne lui pose naturellement pas de questions difficiles, mais — on y est déjà porté par sa petite taille — on le traite en enfant. « Comment t'appelles-tu donc ? », lui demande-t-on. « Odradek », répond-il. « Et où habites-tu ? » « Pas de domicile fixe », dit-il en riant ; mais c'est un rire tel qu'on peut le produire quand on n'a pas de poumons, un rire qui ressemble au bruit que fait le vent dans les feuilles mortes. Cela met fin d'ordinaire à la conversation. Il arrive d'ailleurs qu'on ne puisse même pas obtenir ces réponses ; il reste souvent muet, comme le bois dont il semble fait.

C'est en vain que je me demande ce qu'il va lui arriver. Peut-il donc mourir ? Tout ce qui meurt a eu auparavant une sorte de raison d'être, une sorte d'activité qui l'a usé ; ce n'est pas le cas d'Odradek. Va-t-il donc plus tard dégringoler les marches de l'escalier devant les pieds de mes enfants et des enfants de mes enfants, en faisant traîner derrière lui ses bouts de fil ? Il ne fait manifestement de mal à personne ; mais l'idée qu'il doive encore me survivre est pour moi presque une souffrance.

ONZE FILS[1]

J'ai onze fils.

Extérieurement, le premier ne paie pas de mine ; pourtant il est sérieux et intelligent ; malgré tout, bien que je l'aime en tant qu'enfant autant que les autres, je n'ai pas une grande estime pour lui. Sa pensée me semble trop simple. Il ne voit rien, ni à sa droite ni à sa gauche ; il ne voit pas non plus dans le lointain. Il parcourt sans cesse le même petit cercle d'idées ; autant dire qu'il tourne en rond.

Le deuxième est beau, svelte, bien bâti ; c'est un plaisir de le voir en escrimeur. Lui aussi est intelligent, mais il a en outre l'expérience du monde ; il a vu beaucoup de choses et c'est la raison pour laquelle la nature, même celle des choses familières, lui parle plus intimement qu'à ceux qui n'ont jamais quitté leur pays. Pourtant, ce n'est certes pas seulement, même pas essentiellement, aux voyages qu'il est redevable de cette supériorité ; elle tient bien plutôt aux qualités inimitables de cet enfant, que reconnaissent, par exemple, tous ceux qui ont voulu imiter la manière qu'il a de plonger, après plusieurs sauts périlleux, avec un mélange de frénésie et de maîtrise. Pour parvenir jusqu'au bout du tremplin, le courage et l'envie de bien faire suffisent ; mais, arrivé là, l'imitateur, au lieu de sauter, tout à coup s'assied et lève les bras en manière d'excuse. — Et, malgré cela (je devrais, à vrai dire, être comblé de bonheur par un pareil enfant), malgré cela, mes rapports avec lui ne sont pas sans nuage. Son œil gauche est un peu moins grand que l'œil droit et clignote beaucoup ; ce n'est qu'un petit défaut, assurément, qui ne fait même que donner à son visage plus de hardiesse qu'il n'en aurait autrement ; et personne, face à l'impression d'inaccessible équilibre qui émane de tout son être, n'ira remarquer et critiquer cet œil plus petit et qui clignote. Moi, le père, je le fais. Ce n'est naturellement pas ce défaut physique qui me fait souffrir, mais une petite irrégularité un peu analogue dans son esprit, je ne sais quel poison qui coule dans ses veines, je ne sais quelle incapacité à donner le dernier fini à son talent naturel, que je suis seul à connaître. À vrai dire, ce défaut fait de lui mon véritable fils, car c'est en même temps le défaut de toute ma famille ; il est seulement trop visible chez lui.

Le troisième fils est beau, lui aussi, mais ce n'est pas la beauté qui me plaît. C'est la beauté du ténor : la bouche en cœur ; l'œil rêveur ; la tête qui a besoin d'une draperie derrière elle pour se faire valoir ; la poitrine gonflée à l'excès ; les mains qui se lèvent pour un rien et retombent aussi vite ; les jambes, qui font des grâces, parce qu'elles sont trop faibles pour porter. Et surtout : le timbre de sa voix, qui n'est pas net ; il trompe un instant, fait dresser l'oreille au connaisseur, mais s'essouffle aussitôt. — Bien qu'en général tout inviterait à faire étalage de ce fils, je préfère le tenir caché ; lui-même ne se pousse pas en avant, non pas parce qu'il connaît ses lacunes, mais simplement par innocence. D'ailleurs, il se sent étranger à notre époque ; comme s'il n'appartenait pas seulement à ma famille, mais à une autre famille, qu'il aurait à jamais perdue, il est souvent morose et rien ne peut l'égayer.

Mon quatrième fils est peut-être le plus sociable de tous. C'est le véritable enfant de son temps, tous les gens le comprennent, il est sur le même terrain que tout le monde et tout le monde est tenté de lui adresser des signes d'intelligence. Peut-être à cause de cette approbation universelle, son caractère a contracté une certaine légèreté, ses mouvements ont de la liberté, ses jugements de l'insouciance. On a souvent envie de répéter certains de ses propos ; à vrai dire, certains seulement car, dans l'ensemble, il souffre malgré tout d'un excès de légèreté. Il est comme quelqu'un qui s'élance admirablement dans le vide, qui fend les airs comme une hirondelle, mais qui va finir misérablement anéanti dans la poussière, comme un zéro. C'est pour cela que je ne peux pas voir ce fils sans avoir un goût de bile dans la bouche.

Le cinquième fils est doux et bon ; il promettait beaucoup moins qu'il n'a tenu ; il était si insignifiant qu'on se sentait littéralement seul quand on était avec lui, mais il a fini cependant par acquérir quelque crédit. Si on me demandait comment cela s'est fait, je serais à peine capable de répondre. L'innocence est peut-être malgré tout ce qui perce le mieux dans ce monde à travers le tumulte des éléments. Peut-être trop innocent. Il est aimable avec tout le monde. Peut-être trop aimable. J'avoue que je ne me sens pas à mon aise quand j'entends faire sa louange devant moi. C'est vraiment se rendre la louange trop facile que de louer un garçon aussi manifestement louable que ce fils-là.

Le sixième fils semble être, au moins à première vue, le plus mélancolique de tous. Un bonnet de nuit et pourtant un bavard. C'est pourquoi il n'est pas facile d'en faire le tour. Quand il est sur le point d'avoir le dessous, il tombe dans une invincible tristesse ; mais, s'il reprend le dessus, il s'entend à le conserver par son bavardage. Je ne puis cependant lui dénier une sorte de passion faite d'abnégation ; en plein jour, en matière de réflexion, il parvient à faire son chemin comme dans un rêve. Sans être malade — il a au contraire une très bonne santé —, il lui arrive de tituber, surtout au crépuscule ; mais il n'a pas besoin qu'on l'aide, il ne tombe pas. Peut-être son développement physique est-il responsable de cette faiblesse : il est beaucoup trop grand pour son âge. Cela le rend plutôt laid dans l'ensemble, malgré certains détails qui frappent par leur beauté, par exemple les mains et les pieds. Son front, par ailleurs, est assez laid, lui aussi : la peau, aussi bien que l'ossature, le font paraître ratatiné.

Le septième fils est de tous celui qui m'appartient peut-être le plus. Le monde ne sait pas l'apprécier ; il ne comprend pas sa forme d'esprit. Je ne le surestime pas ; je sais qu'il est assez insignifiant : si le monde n'avait pas d'autre tort que de ne pas savoir l'apprécier, on pourrait encore le dire sans défaut. Mais, à l'intérieur de la famille, je n'aimerais pas être privé de lui. Il apporte à la fois l'inquiétude et le respect de la tradition et sait, du moins selon mon sentiment, réunir les deux et en faire un ensemble inattaquable. À vrai dire, il est aussi le dernier à savoir quoi faire de cet ensemble ; ce n'est pas lui qui mettra en branle la roue de l'avenir ; mais son talent est si vivifiant, si chargé d'espoir ; je voudrais qu'il eût des enfants et que ceux-ci eussent des enfants à leur tour. On n'a malheureusement pas l'impression que ce souhait aille se réaliser. Il est content de ce qu'il est — ce qu'à vrai dire, je comprends tout en le regrettant et encore que son entourage, dont il prend gaillardement le contrepied, pense juste le contraire ; et il traîne toujours tout seul, sans s'inquiéter des jeunes filles, ce qui d'ailleurs ne lui fait rien perdre de sa bonne humeur.

Mon huitième fils est l'objet de mon souci, sans que j'en puisse donner la raison. Il me regarde comme un étranger et pourtant je me sens très paternellement lié à lui. Le temps a un peu arrangé les choses ; mais autrefois, il me suffisait parfois de penser à lui pour me mettre à trembler. Il va seul son chemin et a rompu tout rapport avec moi ; avec son crâne têtu et son petit corps athlétique — il avait seulement les jambes un peu faibles quand il était petit, mais cela a dû s'arranger avec le temps —, il réussira certainement tout ce qu'il voudra. J'ai eu souvent envie de l'appeler, de lui demander où il en est, pourquoi il se tient ainsi à l'écart de son père et quelles sont au juste ses intentions ; mais il s'est maintenant tellement éloigné et tant de temps s'est déjà écoulé que les choses peuvent rester en l'état. J'entends dire qu'il est le seul de mes fils à porter toute sa barbe ; quand on est petit comme lui, ce n'est naturellement pas très beau.

Mon neuvième fils est très élégant et il a ce doux regard que l'on destine aux femmes. Un si doux regard qu'il a pu à l'occasion me séduire moi-même, alors que je sais qu'il suffit littéralement d'une éponge mouillée pour effacer tout cet éclat surnaturel. Mais ce qu'il y a de particulier chez ce garçon, c'est qu'il n'est pas du tout soucieux de séduire ; il lui suffirait de rester sa vie entière couché sur un canapé et de laisser ses regards se perdre sur le plafond de sa chambre ou, mieux encore, de les laisser reposer sous ses paupières. Quand il est dans cette position, qui est celle qu'il préfère, il parle volontiers et assez agréablement, de façon concise et claire, mais seulement dans d'étroites limites ; s'il veut aller au-delà, ce qui, vu cette étroitesse, est difficilement évitable, ses discours deviennent complètement vides. On lui ferait signe de se taire si l'on espérait que son regard ensommeillé pourrait s'en apercevoir.

Mon dixième fils passe pour faux. Je ne veux ni contester entièrement ni confirmer tout à fait ce défaut. Il est sûr que quand on le voit avec sa solennité, qui ne correspond pas à son âge, dans sa redingote strictement fermée, avec son vieux chapeau noir toujours brossé avec un soin maniaque, son visage impassible, son menton un peu projeté en avant, ses paupières lourdement bombées au-dessus des yeux, avec les deux doigts qu'il porte volontiers à sa bouche, on ne peut que se dire : quel fieffé hypocrite ! Mais qu'on l'écoute donc parler ! Sagement, avec componction, sans phrases inutiles ; coupant les questions avec une malicieuse vivacité, éprouvant de manière étonnante un accord avec l'univers entier, un accord évident et joyeux, qui nécessairement lui fait dresser la tête et raidir le cou. Bien des gens qui se croient très malins et qui, à cause de cela, pensaient-ils, se disaient repoussés par son apparence extérieure, ont été fascinés par sa parole. Mais il y a aussi des gens que son apparence extérieure laisse indifférents, mais à qui son verbe, en revanche, semble hypocrite. Je suis son père et je ne veux pas ici prendre parti, cependant, je dois avouer que ces derniers me paraissent en tout cas dans leur jugement plus dignes de considération que les premiers.

Mon onzième fils est délicat, c'est sans doute le plus faible de mes fils ; mais cette faiblesse est trompeuse ; il peut, en effet, par moments, faire preuve d'énergie et de décision ; cependant c'est bien la faiblesse qui constitue le fond de sa nature. Mais ce n'est pas une faiblesse infamante, c'est une chose qui ne paraît une faiblesse qu'ici-bas. L'aptitude à voler, par exemple, n'est-elle pas faiblesse, elle aussi, elle qui est faite de vacillements, d'incertitudes, de battements d'ailes ? C'est une chose de ce genre dont mon fils fait preuve. Ce sont des dispositions dont un père naturellement n'a pas lieu de se réjouir : elles tendent manifestement à la destruction de la famille. Il me regarde quelquefois comme pour me dire : « Je t'emmènerai, père. » Dans ces cas-là, je pense : « Tu serais bien le dernier à qui je me confierais. » Et son regard alors semble dire : « Eh bien ! que je sois au moins le dernier ! »

Voilà mes onze fils.

UN FRATRICIDE[1]

Il a été établi que le meurtre s'est déroulé comme suit : Schmar, le meurtrier, se posta vers neuf heures du soir, par clair de lune, au croisement par où Wese, la victime, devait tourner pour passer de la rue où était son bureau dans celle où il habitait.

Chacun frissonnait au vent froid de la nuit. Mais Schmar n'avait mis qu'un mince vêtement bleu et sa petite tunique était même déboutonnée. Il ne sentait pas le froid ; il faut dire aussi qu'il n'arrêtait pas de bouger. Il avait dégainé l'arme du crime, mi-baïonnette mi-couteau de cuisine, et la tenait fermement dans son poing. Il faisait jouer le couteau dans le clair de lune ; la lame étincelait, mais pas assez au gré de Schmar ; il en frappait les briques de la chaussée au point d'en faire jaillir des étincelles ; regrettait peut-être son geste ; et, pour réparer le dommage, il frottait la lame contre la semelle de ses bottes comme on frotte un archet de violon, tandis que, perché sur une jambe, le corps penché en avant, il épiait à la fois la musique du couteau sur sa botte et la rue transversale d'où le destin allait surgir.

Pourquoi le rentier Pallas, qui, tout près de là, observait tout de sa fenêtre du deuxième étage, le laissait-il faire ? Allez donc sonder la nature humaine ! Le col relevé, la robe de chambre serrée par un cordon sur son large ventre, il regardait dans la rue en hochant la tête.

Et, cinq maisons plus loin, de biais par rapport à Pallas, Mme Wese, sa fourrure de renard jetée sur sa chemise de nuit, guettait son mari, qui aujourd'hui tardait singulièrement.

Enfin retentit la clochette de la porte devant le bureau de Wese, un bruit trop fort pour une simple clochette; il gagne la ville entière, s'élève jusqu'au ciel; et le laborieux Wese, quittant son labeur nocturne, sort là-bas de la maison, encore invisible dans la rue, annoncé seulement par le signal de la clochette; aussitôt, le pavé dénombre ses pas tranquilles.

Pallas se penche tant qu'il peut; il ne veut rien perdre. Mme Wese, rassurée par la clochette, ferme sa fenêtre, dont on entend vibrer les carreaux. Schmar cependant se met à genoux; comme seuls en cet instant son visage et ses mains sont nus, il les presse contre le pavé; tout le monde a froid, mais Schmar brûle.

Juste à la limite des deux rues, Wese s'arrête, reste un moment appuyé sur sa canne, penché vers l'autre rue. Un simple caprice. Le ciel nocturne l'a séduit, ce bleu profond, cet or. Lui qui ne sait rien soulève son chapeau, se caresse les cheveux. Là-haut, rien ne bouge pour lui annoncer son très proche avenir; tout reste en place, hors du sens, insondable. Il est très raisonnable, au fond, que Wese continue son chemin, mais il s'en va vers le couteau de Schmar.

« Wese ! », crie Schmar, dressé sur la pointe des pieds, le bras levé, le couteau baissé à angle aigu. « Wese ! Julia t'attend pour rien ! » Et à droite dans la gorge, et à gauche dans la gorge et un troisième coup en bas dans le ventre. Les rats d'eau, quand on leur crève la panse, font ce bruit-là.

« Voilà qui est fait ! », dit Schmar et il se déleste de son couteau sanglant, qui ne sert plus à rien en le jetant vers la plus proche maison. « Quel bonheur donne le meurtre ! Que je me sens léger, ailé, quand coule le sang d'autrui ! Wese, vieux compagnon de mes nuits, ami, pilier de cabaret, te voilà saigné sur le pavé noir. Que n'es-tu simplement une vessie pleine de sang pour que je m'asseye sur toi et que de toi plus rien ne subsiste. On n'est jamais comblé ; toutes les fleurs de nos rêves ne portent pas de fruit ; tes restes pesants sont là, qu'aucun pas ne peut franchir. À quoi bon cette question muette que tu poses ? »

Pallas, remuant pêle-mêle dans son corps tout ce poison qu'il vient d'ingurgiter, est debout à sa porte, ouverte à deux battants. « Schmar ! Schmar ! J'ai tout vu, je n'ai rien manqué. » Pallas et Schmar se mesurent du regard. Pallas paraît satisfait, Schmar ne sait que penser.

Mme Wese, suivie des deux côtés par la foule, accourt, le visage vieilli par l'épouvante. La fourrure s'ouvre, elle se jette sur Wese ; son corps, couvert de la chemise de nuit, appartient à Wese ; la fourrure, déployée au-dessus du couple comme le gazon d'une tombe, appartient à la foule.

Schmar, réprimant avec peine une dernière nausée, appuie sa bouche sur l'épaule de l'agent de police, qui l'entraîne d'un pas léger.

UN RÊVE[1]

Joseph K. rêvait :

C'était une belle journée et K. voulait faire une promenade. Mais à peine eut-il fait deux pas qu'il se trouva au cimetière. Il y avait là des allées aux formes compliquées et qui serpentaient bizarrement, mais il se mit à glisser sur l'une d'elles comme sur un courant rapide, en planant avec un équilibre inébranlable. Il aperçut de loin déjà une tombe fraîchement ouverte auprès de laquelle il résolut de s'arrêter. Ce tertre exerçait sur lui une attraction presque irrésistible et il pensait ne pas pouvoir y arriver assez vite. Mais par moments, il ne le voyait plus qu'à peine ; il était caché par des drapeaux, dont les étoffes s'enroulaient au vent et venaient battre violemment les unes contre les autres ; on ne voyait pas les porte-drapeau, mais on avait l'impression qu'il régnait là-bas une grande allégresse.

Tandis qu'il dirigeait encore ses regards vers le lointain, il aperçut soudain cette même tombe sur le bord du chemin, à côté de lui et déjà presque derrière lui. Il se hâta de sauter sur le gazon. Comme le chemin continuait à avancer rapidement sous ses pieds au moment où il sautait, il trébucha et tomba à genoux juste devant la tombe. Il y avait deux hommes derrière la tombe, qui tenaient en l'air entre eux deux une pierre tombale ; à peine était-il apparu qu'ils fichèrent la dalle dans la terre où celle-ci resta debout comme si elle était cimentée. Aussitôt sortit d'un buisson un troisième homme, en qui K. reconnut aussitôt un artiste. Il n'était vêtu que d'un pantalon et d'une chemise mal boutonnée ; il portait sur la tête un bonnet de velours ; il tenait à la main un crayon ordinaire, avec lequel, en s'approchant, il se mit à tracer des figures dans l'air.

Puis, il commença à dessiner des lettres sur le haut de la pierre avec son crayon ; la pierre était très haute, il n'avait pas du tout besoin de se baisser, mais il devait cependant se pencher en avant, car le tertre, sur lequel il ne voulait pas marcher, le séparait de cette pierre. Il se tenait donc sur la pointe des pieds et s'appuyait de la main gauche à la surface de la pierre. Grâce à des manœuvres particulièrement adroites, il parvint, avec ce crayon ordinaire, à tracer des lettres d'or ; il écrivit : « Ci-gît... » Chacune de ces lettres était pure et belle, profondément gravée et d'un or sans défaut. Quand il eut écrit les deux mots, il se retourna vers K. ; K., qui était curieux de voir la suite de l'inscription, s'inquiéta fort peu de l'homme ; tous ses regards étaient fixés sur la pierre. L'homme s'apprêtait, en effet, à continuer, mais il ne put y parvenir ; il semblait se heurter à quelque difficulté ; il laissa retomber son crayon et se tourna une fois encore du côté de K. Cette fois, K. regarda, lui aussi, l'artiste et remarqua que celui-ci était dans un grand embarras, mais qu'il ne pouvait en dire la cause. Toute sa vivacité antérieure avait disparu. K. en conçut à son tour de l'embarras ; ils échangèrent des regards désemparés ; il y avait là quelque vilain malentendu, que ni l'un ni l'autre ne pouvait dissiper. La petite cloche de la chapelle funéraire se mit alors à sonner hors de saison, mais l'artiste fit un grand geste de la main et elle se tut. Elle recommença au bout d'un moment, très doucement cette fois-ci et s'arrêtant aussitôt sans qu'on l'eût priée ; on eût dit qu'elle voulait seulement essayer son timbre. K. ne pouvait se consoler de la fâcheuse situation de l'artiste ; il se mit à pleurer et sanglota longuement, le visage dans les mains. L'artiste attendit que K. se fût calmé ; puis, comme il ne voyait pas d'autre solution, il se décida malgré tout à continuer son travail. Le premier petit trait qu'il traça fut pour K. une véritable délivrance, mais l'artiste ne s'y était manifestement résolu que tout à fait à contrecœur ; l'écriture n'était d'ailleurs plus aussi belle, l'or surtout semblait manquer, le trait était pâle et incertain, mais la lettre que l'artiste dessinait était très grande. C'était un J ; il était déjà presque terminé quand l'artiste donna un coup de pied furieux dans le tertre, qui fit voler la terre tout à l'entour. K. le comprit enfin ; il n'était plus temps de lui demander pardon ; K. creusa avec tous ses doigts dans la terre, qui n'offrit presque aucune résistance ; une mince couche de terre n'était là que pour faire illusion ; un grand trou aux parois à pic s'ouvrit immédiatement derrière elle, dans lequel K. vint s'abîmer, poussé dans le dos par un léger courant. Mais, tandis qu'il dressait encore la tête, au moment d'être accueilli par les profondeurs insondables, son nom se dessina soudain en immenses arabesques sur la pierre.

Enchanté du spectacle, il s'éveilla.

COMMUNICATION À UNE ACADÉMIE[1]

Éminents membres de l'Académie.

Vous me faites l'honneur de m'inviter à faire à l'Académie une communication sur ma vie antérieure de singe.

Sous cette forme, il ne m'est malheureusement pas possible de répondre à votre invitation. Près de cinq années[2] me séparent de la condition simienne ; c'est un laps de temps peut-être court quand on le mesure sur le calendrier, mais qui est infiniment long quand on doit le parcourir au galop, comme je l'ai fait, accompagné par moments d'hommes remarquables, de conseils, d'applaudissements et d'orchestre, mais finalement tout seul, car ma compagnie se tenait toujours, pour garder l'image, loin de la rampe. Cette performance eût été impossible, si j'avais voulu m'entêter à rester fidèle à mes origines et à mes souvenirs de jeunesse. Renoncer à tout entêtement fut précisément la règle suprême que je m'imposai ; moi, libre singe, je me soumis à ce joug. Mais la conséquence fut que mes souvenirs, de leur côté, se fermèrent à moi toujours davantage. J'aurais encore pu, au début, si les hommes en avaient décidé ainsi, revenir par le grand porche que forme le ciel au-dessus de la terre ; mais, à mesure qu'avançait mon évolution, vivement menée à coups de fouet, ce porche devint toujours plus bas et plus étroit ; je me sentis mieux à mon aise et plus à l'abri dans le monde des hommes; la tempête que mon passé faisait souffler sur moi s'apaisa; ce n'est plus aujourd'hui qu'un léger courant d'air, qui me rafraîchit les talons; et le trou dans le lointain par où il passe et par lequel j'étais moi-même passé autrefois, est devenu si petit que, même si j'avais la force et la volonté suffisantes pour retourner jusque-là, il faudrait que je déchire la peau de mon corps pour le franchir. À franchement parler, bien que je préfère user d'images pour évoquer ces choses-là, à franchement parler : votre vie de singe, Messieurs, si toutefois vous avez derrière vous une existence de cette sorte, ne peut pas être plus éloignée de vous que celle-ci ne l'est de moi. Mais elle vient toujours chatouiller au talon tous ceux qui cheminent sur cette terre, le petit chimpanzé aussi bien que le grand Achille.

Ce n'est donc que dans de très étroites limites que je puis répondre à votre question, mais je le fais avec grand plaisir. La première chose que j'appris fut la poignée de main; la poignée de main est une marque de franchise : puisse donc aujourd'hui, où j'ai atteint le point culminant de ma carrière, la franchise de ma parole venir compléter cette première poignée de main. Cela n'apportera rien à l'Académie de fondamentalement nouveau et restera très en deçà de ce qui m'a été demandé, et qu'avec la meilleure volonté, je suis incapable de vous donner — mais cela vous montrera, à tout le moins, selon quels cheminements quelqu'un qui a été singe autrefois a pénétré dans le monde des hommes et s'y est établi. Cependant, je ne pourrais même pas fournir les médiocres renseignements qui vont suivre, si je n'étais pas entièrement sûr de moi et si ma position n'était pas devenue inébranlable sur toutes les scènes de variétés du monde civilisé.

Je suis originaire de la Côte de l'Or. Pour dire comment je fus capturé, je dois faire appel à des témoignages étrangers. Une troupe de chasseurs de la maison Hagenbeck — avec le chef de laquelle j'ai d'ailleurs vidé depuis lors plus d'une bonne bouteille de vin rouge — s'était mise à l'affût dans les taillis du rivage, un soir que j'allais boire parmi les miens. On tira ; je fus le seul touché ; je reçus deux balles.

L'une à la joue : c'était une blessure sans gravité, mais c'est elle qui m'a laissé cette grande cicatrice rouge qu'on voit au milieu de mes poils et qui m'a valu le nom abominable et totalement inadéquat de Pierre le Rougeaud — il faut que celui qui l'a inventé ait été lui-même un singe —, comme si seule cette tache rouge sur ma joue me distinguait de ce singe dressé qu'on appelait Pierre, qui s'était acquis une petite renommée et qui est récemment crevé. Ceci entre parenthèses.

La seconde balle m'atteignit au-dessous de la hanche. Cette blessure-là était grave ; c'est à cause d'elle que je boite encore un peu aujourd'hui. J'ai lu dernièrement dans un article de l'un des dix mille chiens courants qui se sont déchaînés contre moi dans les journaux, que je n'avais pas encore entièrement dominé ma nature de singe ; la preuve en serait que, quand viennent des visiteurs, j'aime retirer mon pantalon pour montrer l'endroit par où la balle est

entrée. Il faudrait faire sauter l'un après l'autre à
coups de pistolet chacun des doigts de la main qui a
écrit cela. J'ai bien le droit, moi, de retirer mon
pantalon devant qui bon me semble ; on ne trouvera à
cet endroit rien d'autre qu'une fourrure bien soignée
et la cicatrice qu'a laissée — choisissons dans ce cas
précis un mot également précis, mais qui ne doit
donner lieu à aucun malentendu —, la cicatrice qu'a
laissée un coup de feu criminel. Tout est là au grand
jour ; il n'y a rien à cacher ; quand il s'agit de vérité,
les plus nobles esprits laissent tomber les manières
raffinées. Si l'auteur de ce libelle ôtait son pantalon
quand il reçoit une visite, ce serait évidemment tout
autre chose et je veux voir une marque de bon sens
dans le fait qu'il ne le fasse pas. Mais qu'il me laisse en
paix avec sa délicatesse !

Après ces coups de feu, je me réveillai — à partir
d'ici interviennent peu à peu mes propres souvenirs —
dans une cage de l'entrepont du vapeur de Hagenbeck. Ce n'était pas une cage grillagée à quatre parois,
on s'était contenté de fixer trois parois à une caisse ;
c'était la caisse elle-même qui constituait la quatrième paroi. Le tout était trop bas pour qu'on puisse
y tenir debout et trop étroit pour qu'on puisse s'y
asseoir. Je restais donc accroupi, les genoux repliés et
sans cesse tremblants, tourné du côté de la caisse,
avec les barreaux du grillage enfoncés dans la chair,
car il est probable qu'au début je ne voulais voir
personne et que j'avais pris la résolution de rester
dans le noir. On estime que cette façon de garder les
bêtes sauvages présente des avantages dans les premiers temps et aujourd'hui, avec l'expérience que ''ai

acquise, je ne peux pas nier que, d'un point de vue humain, ce soit en effet le cas.

Mais, en ce temps-là, je ne pensais pas à cela. Pour la première fois de ma vie, je me trouvais dans une situation sans issue ; en tout cas, s'il y en avait une, elle n'était pas devant moi ; devant moi, c'était la caisse, aux planches solidement ajustées l'une à l'autre. À vrai dire, il y avait bien un intervalle qui allait d'un bout à l'autre de la caisse, et lorsque je le découvris pour la première fois, je me mis dans ma stupidité à verser des larmes de béatitude ; mais cet intervalle était bien trop étroit pour qu'on pût même y passer la queue et toute ma force de singe ne serait pas parvenue à l'élargir.

D'après ce qu'on m'a dit plus tard, je faisais particulièrement peu de bruit ; d'où l'on avait conclu que je n'allais pas tarder à périr ou bien qu'au cas où je parviendrais à survivre à la période critique du début, je serais facile à dresser. Je survécus. Je sanglotais en secret, je partais douloureusement à la recherche de mes puces, léchais indolemment une noix de coco, j'allais donner de la tête contre la paroi de la caisse, je tirais la langue quand quelqu'un s'approchait trop près de moi —, telles étaient mes occupations dans ma vie nouvelle. Mais, au milieu de tout cela, revenait toujours le même sentiment : il n'y avait pas d'issue. Je ne puis naturellement reproduire aujourd'hui qu'en langage humain ce qu'à cette époque-là j'éprouvais à la manière d'un singe et par conséquent, je le déforme ; mais même, si je ne puis retrouver la vieille vérité de singe, il n'est pas douteux cependant qu'elle allait dans le sens de ma description.

J'avais eu tant d'issues jusqu'alors, et voilà que je n'en avais plus. J'étais coincé. Même si l'on m'avait cloué au mur, ma liberté de mouvement n'aurait pas été moindre. Pourquoi cela ? Gratte-toi jusqu'au sang entre les orteils, tu n'en trouveras pas la raison. Appuie-toi par-derrière sur le barreau de ta cage jusqu'à ce qu'il te coupe presque en deux, tu n'en trouveras pas la raison. Il n'y avait pas d'issue, mais il me fallait en trouver une ; je ne pouvais pas vivre sans une issue. À rester toujours contre la paroi de cette caisse, je serais sans nul doute crevé. Mais, chez Hagenbeck, la place d'un singe est contre la paroi d'une caisse — eh bien, il ne me restait plus qu'à cesser d'être singe. C'était là une idée bien claire, un raisonnement lumineux que j'avais dû, je ne sais comment, concevoir avec mon ventre, car les singes pensent avec le ventre.

J'ai peur qu'on ne comprenne pas bien ce que j'entends par une issue. J'emploie le mot dans son sens le plus ordinaire et le plus étendu. J'évite à dessein de parler de liberté. Je ne pense pas à ce grand sentiment de liberté dans tous les azimuts. Je l'ai peut-être connu quand j'étais singe et j'ai rencontré des hommes qui en avaient la nostalgie. Mais, en ce qui me concerne, je n'ai jamais réclamé la liberté, ni en ce temps-là ni aujourd'hui. La liberté — soit dit en passant — est bien souvent une source d'illusion parmi les hommes. Et, de même que la liberté compte au nombre des sentiments les plus sublimes, l'illusion correspondante ne manque pas, elle non plus, de

sublime. J'ai souvent vu, dans les spectacles de
variétés, avant mon propre numéro, un couple d'ar-
tistes travailler au trapèze volant, en haut, sous le
chapiteau. Ils prenaient leur élan, se balançaient,
sautaient, volaient dans les bras l'un de l'autre, l'un
des deux portait son compagnon par les cheveux avec
les dents. « Voilà encore la liberté humaine », pen-
sais-je, « la parfaite autonomie du mouvement. » Ô
dérision de la sainte nature ! N'importe quelle bâtisse
croulerait sous les rires de la race des singes devant un
tel spectacle.

Non, je ne voulais pas de la liberté ; je voulais
seulement une issue : à droite, à gauche, n'importe
où ; je n'avais pas d'autre exigence, même si l'issue
n'était qu'une illusion ; l'exigence était modeste, l'illusion ne serait pas beaucoup plus grande. S'en sortir,
seulement s'en sortir ! Ne pas rester sur place, les bras
levés, collé contre la paroi d'une caisse.

Aujourd'hui, je vois clairement que, si je n'avais pas
été extrêmement calme au-dedans de moi-même, je
n'aurais jamais pu m'en tirer. Et, en effet, c'est au
calme qui se saisit de moi après les premiers jours
passés à bord que je suis peut-être redevable de tout
ce que je suis devenu. Mais ce calme, à son tour, c'est
aux gens du bateau que je le dois.

Ce sont de braves gens, malgré tout. Je me souviens
volontiers aujourd'hui encore du bruit pesant de leurs
pas, qui, en ce temps-là, venait retentir au milieu de
mon demi-sommeil. Ils avaient l'habitude de tout
entreprendre avec une extrême lenteur. Si l'un d'eux
voulait se frotter les yeux, il soulevait la main comme
un punching-ball. Leurs plaisanteries étaient gros-

sières, mais cordiales. Leur rire s'accompagnait toujours d'une toux, qu'on aurait pu croire dangereuse, mais dont il n'y avait rien à redouter. Ils avaient toujours dans la bouche quelque chose à cracher et peu leur importait de savoir où ils crachaient. Ils se plaignaient sans cesse que mes puces sautassent sur eux ; mais ils ne m'en voulaient pas sérieusement à cause de cela ; ils savaient que les puces se sentaient bien dans mon poil et que les puces ont besoin de sauter, ils en prenaient leur parti. Quand ils n'étaient pas de service, quelques-uns d'entre eux s'asseyaient parfois en demi-cercle autour de moi ; ils se parlaient peu, ils se contentaient de glousser les uns en face des autres ; ils fumaient la pipe, étendus sur des caisses ; au moindre de mes mouvements, ils se tapaient sur les cuisses ; par moments, l'un d'eux prenait un bâton et me chatouillait à l'endroit qui me faisait plaisir. Si l'on m'invitait aujourd'hui à refaire une traversée sur ce bateau, je refuserais sûrement l'invitation, mais il est non moins sûr que je n'aurais pas seulement de vilains souvenirs à évoquer, là-bas dans l'entrepont.

Le calme que j'avais acquis au milieu de ces gens me détourna d'abord de toute tentative de fuite. Dans la perspective d'aujourd'hui, il me semble avoir tout au moins pressenti qu'il me fallait trouver une issue, si je voulais vivre, mais que cette issue ne pouvait pas être dans la fuite. Je ne sais plus si la fuite était possible, mais je le crois ; pour un singe, la fuite devrait être toujours possible. Avec les dents que j'ai aujourd'hui, il me faut être prudent, rien que pour casser tout bonnement des noix, mais, en ce temps-là, je serais certainement parvenu avec le temps à briser

avec mes dents la serrure de ma porte. Je ne l'ai pas
fait. Qu'y aurais-je gagné ? À peine aurais-je passé la
tête qu'on m'aurait rattrapé et placé ensuite dans une
cage encore pire ; ou bien j'aurais subrepticement
cherché refuge auprès d'autres animaux, auprès des
serpents géants, par exemple, et j'aurais rendu l'âme
dans leur étreinte ; ou bien je serais même parvenu à
me glisser jusque sur le pont et à sauter par-dessus
bord, auquel cas j'aurais été bercé un moment par les
flots de l'océan ; après quoi, je me serais noyé. Gestes
de désespoir. Je ne calculais pas d'une manière si
humaine, mais, sous l'influence de mon entourage, je
me comportais comme si j'avais fait ces calculs.

Je ne calculais pas, mais j'observais en toute
tranquillité. Je voyais ces gens aller et venir, c'étaient
toujours les mêmes visages, les mêmes mouvements ;
j'avais quelquefois l'impression qu'il s'agissait toujours de la même personne. Cet homme ou ces
hommes se mouvaient donc sans entraves. Je vis
poindre devant moi un grand objectif à atteindre.
Personne ne me promettait que, si je devenais semblable à eux, la grille s'ouvrirait devant moi. On ne fait
pas de pareilles promesses quand il s'agit de réalisa-
tions qui paraissent impossibles. Mais, une fois l'ex-
ploit réalisé, on découvre rétrospectivement les promesses au lieu même où on les avait jadis vainement
cherchées. Or, il n'y avait rien en ces gens qui fût
proprement attirant. Si j'avais été un adepte de cette
liberté dont je viens de parler, j'aurais certainement
préféré l'océan à l'issue que j'apercevais dans le
trouble regard de ces hommes. En tout cas, je les avais
longtemps observés avant de penser à ces choses ;

seules des observations accumulées m'engagèrent dans la direction que j'adoptai.

Il était si facile d'imiter ces gens-là. Dès les premiers jours, je savais cracher. Nous nous crachions mutuellement à la figure ; la seule différence était que je me léchais ensuite pour me nettoyer le visage ; eux pas. Je ne tardai pas à fumer la pipe comme un ancien ; si, de surcroît, j'enfonçais mon pouce dans le fourneau de la pipe, c'était le délire dans tout l'entrepont ; il me fallut seulement du temps pour comprendre la différence entre une pipe bourrée et une pipe vide.

Ce qui me donna le plus de mal fut la bouteille de schnaps. Son odeur me mettait à la torture ; je faisais tous mes efforts ; mais des semaines passèrent avant que je pusse prendre sur moi. Chose curieuse, ce furent ces combats intérieurs que les gens prirent en moi le plus au sérieux. Même dans mon souvenir, je ne puis distinguer ces gens les uns des autres, mais il y en avait un qui revenait constamment, seul ou avec des camarades, de jour, de nuit, aux heures les plus diverses ; il s'installait devant moi avec la bouteille et me donnait une leçon. Il ne me comprenait pas ; il voulait résoudre l'énigme de ma nature. Il débouchait lentement la bouteille, puis me regardait, pour voir si j'avais compris ; je confesse que je me précipitais pour le regarder avec une attention passionnée ; aucun professeur humain ne trouvera un élève humain plus docile que moi ; quand la bouteille était débouchée, il la levait jusqu'à la hauteur de sa bouche ; je le suivais du regard jusqu'au fond du gosier ; satisfait de moi, il hoche la tête et approche la bouteille de ses lèvres ;

quant à moi, ravi de sentir la connaissance pénétrer
en moi peu à peu, tout en poussant des cris aigus, je
me gratte le corps en long et en large, partout où le
hasard dirige ma main; il est content, porte la
bouteille à ses lèvres et avale une gorgée; moi,
désespérément impatient de l'imiter, je me souille
dans ma cage, ce qui provoque encore en lui une
grande satisfaction; alors, en éloignant de lui la
bouteille et en la levant à nouveau d'un geste large
jusqu'au niveau de sa bouche, il la vide d'un seul trait
et rejette le corps en arrière, en exagérant le mouvement pour le rendre plus instructif. Épuisé par l'excès
de mon désir, je ne peux plus suivre et, dans ma
faiblesse, je m'accroche aux barreaux de ma cage,
tandis qu'il termine l'enseignement théorique en se
frottant le ventre et en faisant la grimace.

C'est maintenant seulement que commencent les
exercices pratiques. Ne suis-je pas déjà trop épuisé
par la théorie? Si, sans doute, je suis au-delà de
l'épuisement. Cela fait partie de mon destin. Malgré
cela, j'attrape du mieux que je peux la bouteille qu'on
me tend, je la débouche en tremblant; le succès de
cette opération fait que je sens peu à peu mes forces
revenir; je soulève la bouteille; c'est à peine déjà si on
peut me distinguer de mon modèle; je porte la
bouteille à mes lèvres et — et je la rejette avec
horreur, avec horreur, bien qu'elle soit vide et ne
contienne plus que l'odeur, je la rejette avec horreur,
sur le sol. À la grande tristesse de mon maître, et pour
ma plus grande tristesse, à moi aussi; je ne me
réhabilite ni à ses yeux ni aux miens en n'oubliant

pas, après avoir jeté la bouteille, de me caresser le ventre à la perfection, tout en faisant une grimace.

L'enseignement se déroula trop souvent de la sorte. Et je dois dire à l'honneur de mon maître qu'il ne m'en voulait pas ; certes, il lui arrivait de me mettre sa pipe allumée sur la peau, jusqu'à ce que mes poils prissent feu en quelque endroit de ma personne que j'avais du mal à atteindre ; mais ensuite, il était le premier à éteindre le feu de ses grandes mains débonnaires ; il ne m'en voulait pas, il reconnaissait que nous étions tous les deux dans le même camp pour lutter contre la nature simienne et que c'était moi qui avais le rôle le plus difficile.

Mais quel triomphe, en revanche, pour lui comme pour moi, lorsqu'un soir, devant une grande assemblée de spectateurs — peut-être était-ce une fête, un gramophone jouait, un officier s'était mêlé aux gens —, lorsque donc, ce soir-là, à un moment où l'on ne prenait pas garde à moi, je m'emparai d'une bouteille de schnaps qu'on avait laissée traîner par inadvertance devant ma cage, je la débouchai selon toutes les règles de l'art sous les regards toujours plus attentifs de l'assistance, la portai à mes lèvres et, sans hésitation, sans la moindre grimace, comme un véritable professionnel, en roulant les yeux et en arrêtant un moment le liquide dans mon gosier, je vidai pour de bon la bouteille jusqu'à la dernière goutte ; après quoi, je la rejetai, non plus en désespéré, mais en artiste ; j'oubliai, il est vrai, de me caresser le ventre, mais en revanche, parce que je ne pouvais pas faire autrement, parce que j'en ressentais en moi l'impérieux besoin, parce qu'un tumulte s'était emparé de

mes sens, bref, je me mis à hurler : « Hourra ! », je
proférai des sons humains et cette exclamation me fit
entrer d'un bond dans la communauté des hommes.
« Écoutez donc, voilà qu'il parle ! », entendis-je en
écho, et j'accueillis ces mots comme un baiser sur tout
mon corps ruisselant de sueur.

Je le répète : je n'avais pas envie d'imiter les
hommes, je les imitais parce que je cherchais une
issue, pas pour une autre raison. D'ailleurs, ma
victoire était encore loin d'être suffisante : je perdis à
nouveau la voix aussitôt après et je ne la retrouvai
qu'au bout de plusieurs mois ; ma répulsion envers la
bouteille de schnaps ne fit même que croître, mais ma
direction était prise une fois pour toutes.

Quand je fus remis à Hambourg entre les mains de
mon premier dresseur, je compris rapidement que
deux possibilités s'ouvraient devant moi : le jardin
zoologique ou les spectacles de variétés. Je n'hésitai
pas. Je me dis : emploie-toi de toutes tes forces à aller
vers les spectacles de variétés ; c'est là l'issue, le jardin
zoologique n'est qu'une nouvelle cage et un nouveau
grillage ; si tu y entres, tu es perdu.

Et je me mis à apprendre, Messieurs. Ah ! on
apprend vite quand il faut ; on apprend quand on
veut trouver une issue ; on apprend sans plus se
soucier de rien d'autre. On se contrôle soi-même, le
fouet à la main ; à la moindre résistance, on s'arrache
la chair. Ma nature simienne bascula, elle fut furieu-
sement expulsée hors de moi-même, à telle enseigne
que mon premier maître fut sur le point d'être lui-
même changé en singe et qu'il dut abandonner son

enseignement pour être emmené dans un asile. Heureusement, il ne tarda pas à en ressortir.

Mais j'usai beaucoup de maîtres, quelquefois même plusieurs à la fois. Quand j'eus pris un peu confiance en mon talent, quand le public se mit à suivre mes progrès et que mon avenir commença à se dessiner, j'engageai moi-même des professeurs, je les installai dans cinq pièces contiguës et pris mes leçons auprès de tous à la fois, en sautant sans arrêt d'une pièce à l'autre.

Ah ! ces progrès ! Quand les lumières du savoir entrent de toutes parts à la fois dans le cerveau qui s'éveille ! Je ne le nie pas, j'étais empli de bonheur. Mais j'avoue aussi que je n'ai jamais rien surestimé : même en ce temps-là, à plus forte raison aujourd'hui. Grâce à un effort resté jusqu'à présent unique ici-bas, j'ai atteint la formation moyenne d'un Européen. Ce ne serait peut-être pas grand-chose en soi, mais c'était malgré tout considérable, dans la mesure où cela m'a aidé à sortir de ma cage et où cela m'a procuré cette issue particulière qu'est l'issue humaine. Vous connaissez tous l'expression : « se mettre la tête sous l'oreiller » ; c'est ce que j'ai fait ; je me suis mis la tête sous l'oreiller ; je n'avais pas d'autre solution, toujours dans l'hypothèse où d'avance on renonçait à la liberté.

Quand je considère mon évolution et l'objectif qu'elle a poursuivi jusqu'à présent, je n'ai lieu ni de me plaindre ni de me réjouir. Les mains dans les poches de mon pantalon, la bouteille de vin sur ma table, je suis là dans mon fauteuil à bascule, à demi couché, à demi assis et je regarde par la fenêtre. S'il vient une visite, je la reçois comme il se doit. Mon impresario est dans la pièce d'à côté ; il vient quand je le sonne et écoute ce que j'ai à dire. Le soir, il y a presque toujours représentation et je recueille des succès qui ne peuvent plus guère être surpassés. Quand, à une heure avancée de la nuit, je reviens d'un banquet, de la séance d'une société savante ou d'une soirée passée avec des amis, une jeune femelle chimpanzé à demi dressée m'attend et je me donne du bon temps avec elle à la manière des singes. De jour, je ne veux pas la voir ; il y a en effet dans son regard l'égarement et le trouble de la bête dressée ; je suis le seul à voir cela et je ne peux pas le supporter.

Dans l'ensemble, j'ai en tout cas réalisé ce que je voulais. Qu'on ne vienne pas dire que cela n'en valait pas la peine. D'ailleurs, je ne cherche pas à savoir ce que pensent les gens, je veux seulement répandre des connaissances, je me contente de rendre compte ; devant vous également, éminents membres de l'Académie, j'ai seulement voulu rendre compte.

À CHEVAL SUR LE SEAU À CHARBON[1]

Tout le charbon est fini, le seau est vide ; la pelle ne sert plus à rien ; la pièce est gonflée par le gel ; devant la fenêtre, des arbres raidis par le givre ; le ciel, un bouclier d'argent, face à celui qui lui réclame de l'aide. Il me faut du charbon, je ne peux pourtant pas mourir de froid ; derrière moi, le poêle impitoyable, devant moi le ciel, qui ne l'est pas moins ; il me faut, en conséquence, viser juste et passer à cheval entre les deux pour aller demander secours au charbonnier. Mais il est déjà insensible à mes prières ordinaires ; il me faut lui démontrer en détail que je n'ai plus la moindre parcelle de charbon et qu'il est donc exactement pour moi ce qu'est le soleil au firmament. Je dois arriver comme le mendiant, torturé par la faim, près de périr, dans un râle, sur le seuil de la porte et à qui la cuisinière de la maison se décide à verser le marc resté au fond de la cafetière ; il faut de même que le marchand, furieux, mais tenu en bride par le commandement : « Tu ne tueras point », jette dans mon seau une pleine pelletée.

Il faut que tout se décide au moment même où

j'arrive ; je pars donc à califourchon sur le seau. À
cheval sur le seau à charbon, la main posée en haut
sur l'anse — il n'existe pas de plus simple harnachement — je descends non sans peine mon escalier.
Mais, dès qu'il est en bas, mon seau s'élève merveil-
leusement dans les airs, c'est magnifique ; des chameaux, couchés à plat sur le sol, ne se redressent pas
plus allègrement, en frémissant sous le bâton de leur
conducteur. Par la rue verglacée, nous avançons d'un
trot régulier ; je suis soulevé par moments jusqu'à la
hauteur des premiers étages ; jamais je ne descends
jusqu'au niveau des portes. Et je plane extraordinairement haut dans les airs en arrivant devant la cave
voûtée du charbonnier, où il est en train d'écrire,
accroupi dans le fond, près de sa petite table ; pour
dissiper la chaleur trop forte, il a laissé sa porte
ouverte.

« Charbonnier ! », lui crié-je, d'une voix enrouée
par le froid, tout enveloppé dans le nuage de mon
haleine, « je t'en prie, charbonnier, donne-moi un peu
de charbon. Mon seau est déjà si vide que je puis
monter à cheval dessus. S'il te plaît. Je te paierai dès
que je pourrai.

Le marchand porte la main à son oreille :

« Ai-je bien entendu ? » demanda-t-il, en tournant
l'épaule vers sa femme, qui tricote sur le banc du
poêle, « ai-je bien entendu ? Un client ! »

« Je n'entends rien du tout », dit la femme, qui
respire paisiblement, penchée sur ses aiguilles, le dos
agréablement réchauffé par la chaleur du poêle.

« Si, si ! », criai-je, « c'est moi, un vieux client, un
client fidèle ; mais momentanément sans ressources. »

« Femme », dit le marchand, « il y a quelqu'un, il y a certainement quelqu'un ; je ne peux pourtant pas m'être trompé ainsi ; il faut que ce soit un vieux client, un très vieux client pour que son appel m'aille pareillement jusqu'au cœur. »

« Qu'as-tu donc ? », dit la femme, et elle cesse un moment son travail, son tricot appuyé contre sa poitrine. « Il n'y a personne, la rue est vide, tous nos clients sont servis. Nous pourrions fermer boutique pour plusieurs jours et nous reposer. »

« Mais je suis là, assis sur mon seau », m'écriai-je, le regard voilé par de cruelles larmes de froid, « levez donc un peu les yeux ; vous allez me voir ; je vous demande une pelletée ; et si vous m'en donnez deux, vous me rendrez plus qu'heureux. Tout le reste de votre clientèle est déjà servi. Ah ! que je voudrais l'entendre déjà résonner dans le fond de mon seau ! »

« J'arrive », dit le charbonnier, et, de ses jambes courtes, il s'apprête à gravir l'escalier de la cave, mais la femme est déjà à son côté, le retient par le bras et lui dit : « Tu n'iras pas. Si tu restes entêté, c'est moi qui vais monter. Rappelle-toi comme tu as toussé fort, la nuit dernière. Mais quand il s'agit d'une affaire, même d'une affaire imaginaire, tu oublies femme et enfant et tu sacrifies tes poumons. C'est moi qui vais y aller ! » « Alors, dis-lui bien toutes les sortes que nous avons en magasin. Je te crierai les prix. » « Bon », dit la femme, et elle monte jusqu'à la rue. Naturellement, elle me voit aussitôt. « Madame la charbonnière », crié-je, « je vous présente mes devoirs ; rien qu'une pelletée de charbon, à verser tout de suite dans le seau que voilà ; je l'emporterai moi-même à la maison. Une pelletée du plus mauvais charbon. Je paierai le prix, naturellement, mais pas tout de suite, pas tout de suite. » Les mots « pas tout de suite » rendent un curieux son de cloche ; ils se confondent, au point qu'on en perdrait la tête, avec l'angélus que sonne justement le clocher voisin. « Que veut-il ? » crie le marchand. « Rien », lui répond la femme, « ce n'est rien ; je ne vois rien, je n'entends rien ; il vient seulement de sonner six heures et on va fermer. Il fait atrocement froid ; demain, nous aurons probablement encore beaucoup de travail. »

Elle ne voit rien, elle n'entend rien ; mais elle n'en dénoue pas moins son tablier, qu'elle secoue pour me chasser. Malheureusement, elle y parvient. Mon seau a toutes les qualités d'un bon cheval de selle, mais il manque de résistance ; il suffit d'un tablier de femme pour le soulever du sol.

« Méchante ! » crié-je encore derrière son dos, tandis que, tournée vers la boutique, elle secoue la main en l'air d'un geste mi-méprisant, mi-satisfait, « méchante ! je t'ai demandé une pelletée de ton plus mauvais charbon et tu ne me l'as pas donnée. » Et à ces mots, je m'envole vers les cimes glacées et m'y perds à jamais.

UN ARTISTE DE LA FAIM

PREMIÈRE SOUFFRANCE[1]

Un trapéziste — on sait que cet art, qui s'exerce dans les hauteurs, sous le chapiteau des grandes scènes de variétés, est un des plus difficiles auxquels l'homme puisse accéder — un trapéziste donc avait, tout d'abord dans un désir de perfectionnement, puis par une habitude devenue tyrannique, organisé sa vie de telle manière, qu'aussi longtemps qu'il travaillait dans le même établissement, il restait jour et nuit sur son trapèze. Pour répondre à ses besoins, d'ailleurs très minimes, des serviteurs, qui se relayaient, veillaient en bas et, grâce à des récipients spécialement conçus à cet effet, faisaient monter et descendre le nécessaire. Ce mode de vie n'entraînait aucune véritable difficulté pour l'entourage ; c'était seulement un peu gênant pendant les autres numéros du programme ; on ne pouvait pas dissimuler qu'il fût resté là-haut et, bien qu'il se tînt généralement à ce moment-là tout à fait immobile, les regards du public

s'égaraient quelquefois de son côté. Mais les direc-
teurs ne lui en tenaient pas rigueur, car c'était un
extraordinaire, un irremplaçable artiste. On comprenait naturellement qu'il ne vivait pas ainsi par pur
caprice et que c'était pour lui la seule manière de se
maintenir en forme et d'exercer son métier à la
perfection.

Il était d'ailleurs sain de vivre là-haut et, quand la
saison devenait plus chaude et qu'on ouvrait toutes les
fenêtres de la coupole, quand, en même temps que
l'air frais, le soleil pénétrait de toutes ses forces dans
la pénombre de ces lieux, on pouvait même dire que le
spectacle était beau. Évidemment, les relations
humaines étaient réduites ; seul quelquefois, un collè-
gue gymnaste grimpait jusqu'à lui en montant par
l'échelle de corde ; ils s'asseyaient tous les deux sur le
trapèze et restaient à bavarder, en s'appuyant sur les
cordes, à droite et à gauche ; ou bien des ouvriers
venaient réparer le toit et échangeaient avec lui
quelques mots par une fenêtre ouverte ; ou bien un
pompier venait vérifier l'éclairage de secours sur la
galerie d'en haut et lui lançait un mot respectueux,
mais difficile à comprendre. Le reste du temps, tout
restait silencieux ; il pouvait arriver seulement que
quelque employé, égaré l'après-midi dans le théâtre
vide, jette un coup d'œil vers ces hauteurs qui se
dérobaient presque au regard, où le trapéziste, sans
savoir qu'on l'observait, exécutait ses tours ou bien se
reposait.

Le trapéziste aurait pu vivre tranquillement ainsi,
s'il n'y avait eu les inévitables déplacements d'un lieu
à un autre, qui lui pesaient beaucoup. L'impresario

veillait, il est vrai, à ce que soit épargnée au trapéziste
toute prolongation inutile de ses souffrances ; dans les
villes, on utilisait des automobiles de course, avec
lesquelles on s'élançait à toute vitesse, si possible la
nuit ou aux premières heures du matin à travers les
rues désertes ; mais on allait toujours trop lentement
au gré du trapéziste ; en train, on faisait réserver un
compartiment entier où le trapéziste, pour trouver,
faute de mieux, un équivalent de son mode de vie
ordinaire, faisait le trajet allongé dans le filet à
bagages ; au nouveau lieu des représentations, on
avait installé le trapèze à sa place bien avant l'arrivée
du trapéziste, on avait également ouvert à deux
battants toutes les portes qui menaient à la salle de
spectacle, on avait dégagé tous les couloirs —, mais
les plus beaux moments dans la vie de l'impresario
étaient cependant ceux où le trapéziste mettait le pied
sur l'échelle de corde et, en un clin d'œil, retrouvait
enfin sa place, là-haut sur son trapèze.

Bien qu'il eût déjà mené à bien de nombreux
voyages, tout nouveau déplacement était pour l'impresario une épreuve pénible, car ces voyages, indé-
pendamment de tout le reste, étaient épuisants pour
les nerfs du trapéziste.

Ils voyageaient une fois de la sorte l'un avec l'autre,
le trapéziste occupé à rêver là-haut dans son filet,
l'impresario en train de lire à la fenêtre d'en face,
quand le trapéziste l'appela à voix basse. L'impresario fut immédiatement à ses ordres. Le trapéziste lui
dit, en se mordant les lèvres, qu'il avait besoin
désormais pour ses exercices, au lieu du trapèze
unique qu'il avait eu jusqu'alors, de deux trapèzes,

l'un en face de l'autre. L'impresario exprima aussitôt
son accord. Mais le trapéziste, comme pour montrer
que l'approbation de l'impresario était pour lui aussi
dénuée d'intérêt que l'eût été éventuellement un refus
de sa part, déclara qu'à partir de maintenant et
quelles que fussent les circonstances, il ne travaillerait
plus jamais sur un seul trapèze. Il paraissait frissonner
à l'idée que cette éventualité pourrait encore une fois
se présenter. L'impresario, tout en hésitant et en
l'observant avec attention, lui répéta son accord
total ; deux trapèzes valaient mieux qu'un ; d'ailleurs,
ce noueau système était en tout point préférable, il
apporterait plus de variété dans le spectacle. Mais à ce
moment, le trapéziste fondit en larmes. Profondément
effrayé, l'impresario se leva précipitamment et lui
demanda ce qui était arrivé ; et, comme il n'obtenait pas
de réponse, il grimpa sur la banquette, le caressa et
pressa le visage du trapéziste contre le sien, de telle
sorte qu'il fut inondé par les larmes que celui-ci
versait. Mais c'est seulement après mainte question et
après mainte caresse que le trapéziste lui dit, en
sanglotant : « Rien que cette seule barre de trapèze
entre les mains — comment pourrais-je vivre pareillement ? » Il était maintenant plus facile pour l'impresario de consoler le trapéziste, il lui promit, dès la
première station, de télégraphier à leur prochaine
étape au sujet du second trapèze ; il se fit des
reproches pour avoir si longtemps laissé travailler le
trapéziste sur un seul trapèze ; et il le remercia et le
loua grandement d'avoir enfin attiré son attention sur
ce manquement. C'est ainsi que l'impresario parvint
peu à peu à rassurer le trapéziste et lui-même put

retourner dans son coin. Mais il n'était pas tranquille ; plein de souci, il regardait subrepticement le trapéziste par-dessus son livre. Si de telles idées s'étaient mises à le tourmenter, pourraient-elles jamais cesser ? N'allaient-elles pas sans cesse s'aggraver ? N'étaient-elles pas une menace pour son existence ? Et l'impresario crut voir, en effet, dans le sommeil apparemment paisible qui avait succédé aux larmes, les premières rides se dessiner sur le front du trapéziste, resté jusqu'alors aussi lisse que le front d'un enfant.

UNE PETITE FEMME[1]

C'est une petite femme ; très mince de nature, elle est pourtant strictement sanglée ; je lui vois toujours la même robe, coupée dans un tissu gris-jaune qui fait un peu penser à du bois, une robe garnie çà et là de pompons et de pendeloques de la même couleur, qui ressemblent à des boutons. Elle ne porte jamais de chapeau. Ses cheveux, d'un blond mat, sont lissés et peignés avec assez de soin, mais elle les garde très flous. Bien qu'elle soit serrée dans ses vêtements, elle est pourtant très mobile, encore qu'elle exagère cette mobilité ; elle aime mettre les deux mains sur les hanches et faire pivoter soudain le haut du corps avec une rapidité qui surprend. Pour exprimer l'impression que me fait sa main, je puis seulement dire que je n'ai jamais vu une main dont les doigts fussent aussi nettement séparés les uns des autres ; cette main ne comporte cependant aucune particularité anatomique ; c'est une main tout à fait normale.

Or, cette petite femme est très mécontente de moi, elle a toujours en moi quelque chose à critiquer, je n'arrête pas de lui faire du tort, je l'énerve à tous les pas que je fais ; si on pouvait diviser la vie en parcelles minuscules et considérer isolément chacune de ces parcelles, chaque parcelle de ma vie serait certainement pour elle une source d'irritation. Je me suis souvent demandé pourquoi je l'irrite de la sorte. Il se peut que tout en moi contredise son sens esthétique, son sentiment de la justice, ses habitudes, ses traditions, ses espérances ; il existe des natures pareillement incompatibles ; mais pourquoi en souffre-t-elle tant ? Il n'existe entre nous aucune relation qui puisse l'obliger à souffrir par ma faute. Il lui suffirait de se décider à me considérer totalement comme un étranger, comme l'étranger que je suis en effet pour elle ; non seulement je n'aurais rien à objecter à une telle décision, mais j'en serais ravi ; il lui suffirait de se décider à oublier mon existence, que je ne lui ai jamais imposée et que je ne songe pas à lui imposer jamais et c'en serait fini de sa souffrance. Je ne tiens, ce disant, aucun compte de moi ni du fait que son attitude est évidemment très pénible pour moi. Je n'en tiens aucun compte, parce que je reconnais que ce tourment n'est rien en comparaison de sa souffrance. Ce disant, je suis convaincu que cette souffrance ne procède pas du tout de la sympathie ; elle se soucie fort peu de m'amender, d'autant que rien de ce qu'elle me reproche n'est de nature à compromettre mon avenir ; peu lui importe mon avenir ; elle ne se soucie

que de son intérêt personnel, qui consiste à se venger
du tourment que je pourrais lui infliger dans le futur.
J'ai déjà essayé une fois de lui faire comprendre que le
mieux serait de mettre un terme à cette perpétuelle
irritation, mais je n'ai fait par là que provoquer une
telle fureur, que je n'essaierai jamais plus.

J'ai d'ailleurs, si l'on veut, une certaine responsabilité, car, bien que cette petite femme me soit tout à fait
étrangère et que la seule irritation qui existe entre
nous soit l'irritation que je lui cause, ou plutôt
l'irritation qu'elle veut que je lui cause, il ne devrait
pas m'être indifférent qu'elle souffre, à n'en pas
douter, et même physiquement, de cette irritation. On
me rapporte de temps en temps, et plus encore ces
temps derniers, qu'on la retrouve le matin livide, la
mine défaite par l'insomnie, tourmentée de maux de
tête et presque incapable de travailler. Ses proches se
font du souci, ils essayent de mille façons de deviner la
raison de son état, sans parvenir à la trouver. Je suis
seul à la connaître ; c'est sa vieille irritation, son
irritation toujours renouvelée. Je ne partage certes pas
pour autant les soucis de ses proches ; elle est forte et
tenace ; quand on est capable de s'irriter de la sorte,
on est probablement capable de supporter aussi les
conséquences de son irritation ; je la soupçonne même
de faire, au moins dans une certaine mesure, semblant
d'être souffrante, uniquement pour attirer ainsi les
soupçons des gens sur moi. Pour dire ouvertement à
quel point je la fais souffrir par mon existence, elle est
bien trop fière ; elle penserait se rabaisser, si elle en
appelait auprès des autres de ma conduite ; c'est
seulement par aversion qu'elle s'occupe de moi, c'est

son éternelle aversion qui ne cesse de l'aiguillonner ; si
elle devait porter devant le public cette sordide
affaire, c'en serait trop pour sa pudeur. Mais, d'un
autre côté, c'en est trop aussi de taire complètement
cette affaire qui ne cesse de l'obséder. Aussi essaye-t-
elle, dans sa rouerie de femme, une solution intermédiaire ; c'est silencieusement qu'elle cherche à porter
l'affaire devant le tribunal de l'opinion, uniquement
par les marques extérieures d'une souffrance intime.
Peut-être espère-t-elle même que, le jour où le monde
aura porté sur moi toute son attention, je serai l'objet
d'un immense scandale public, lequel, disposant de
grands moyens, me condamnera beaucoup plus vite et
bien plus fortement, m'anéantira définitivement, bien
mieux que ne peut le faire sa petite irritation privée,
relativement impuissante ; ce jour-là, elle n'aura plus
qu'à se retirer, elle pourra respirer et me tourner le
dos. Mais si c'est ce qu'elle espère, elle se trompe.
L'opinion publique ne se substituera pas à elle ;
l'opinion, même en m'examinant à la loupe la plus
grossissante, ne trouvera jamais cette infinité de
reproches à m'adresser. Je ne suis pas aussi inutile
qu'elle le croit ; je ne veux pas me vanter, surtout en
pareille occasion ; mais, même si je ne me signale pas
par des talents particulièrement utilisables, je ne me
fais certainement pas remarquer non plus par le
contraire ; c'est elle seule, avec son regard quasiment
glacial, qui me voit ainsi ; elle est incapable de
convaincre personne d'autre. Je pourrais donc être
tout à fait tranquille de ce côté-là. Eh bien, non ! car,
si le bruit se répand que c'est moi qui la rends
littéralement malade par ma conduite — et quelques

espions professionnels, quelques zélés colporteurs de
nouvelles ne sont déjà pas loin de s'en être aperçu ou
de faire du moins comme s'ils s'en étaient aperçu —,
alors le monde viendra me demander pourquoi je
tourmente pareillement la pauvre petite femme avec
mon caractère incorrigible, ou me demandera si j'ai
l'intention de la mener jusqu'à la mort et quand
j'aurai enfin le bon sens et le simple respect humain
de m'arrêter —, quand le monde me posera ces
questions, j'aurai du mal à répondre. Devrai-je avouer
que je ne crois pas beaucoup à ces symptômes de
maladie et provoquer ainsi l'impression désagréable
que, pour me disculper, j'accuse d'autres personnes et
même de façon fort peu délicate ? Ne serait-il pas
possible de dire ouvertement que, même si je la
croyais vraiment malade, je n'en éprouverais pas pour
autant la moindre compassion, puisqu'elle est tout à
fait une étrangère pour moi et que la relation qui
existe entre nous n'a été créée que par elle seule et
n'existe que de son côté ? Je ne veux pas dire qu'on ne
me croirait pas ; on ne chercherait ni à me croire ni à
ne pas me croire ; on n'irait même pas jusqu'à en
parler ; on se contenterait d'enregistrer la réponse que
j'aurais faite au sujet d'une faible femme, d'une
femme malade et cela ne plaiderait pas en ma faveur ;
avec cette réponse comme avec toute autre réponse, je
me heurterais toujours obstinément au fait que les
gens, dans un cas comme celui-là, sont incapables de
ne pas soupçonner une liaison amoureuse, alors qu'il
apparaît en toute clarté qu'il n'existe rien de la sorte ;
ou que, si même une telle relation existait, elle ne
pourrait venir que de moi, qui serais, en un certain

sens, toujours prêt à admirer cette petite femme pour
la pertinence de son jugement et pour son implacable
logique, si je n'avais moi-même à pâtir de ces qualités
mêmes. Mais chez elle, on ne pourrait pas trouver la
moindre trace d'amitié à mon endroit ; sur ce point,
elle est sincère et véridique ; c'est d'ailleurs en cela
que réside mon dernier espoir ; même s'il devait entrer
dans son plan de campagne de faire croire à une
relation de cette sorte, elle ne pourrait jamais se renier
au point de le faire. Mais l'opinion, tout à fait aveugle
en de pareilles matières, ne voudra jamais en démor-
dre et se prononcera toujours contre moi.

Il ne me resterait donc plus qu'à me transformer
moi-même, pendant qu'il en est encore temps, avant
que les gens n'interviennent, non pour éliminer l'irritation de la petite femme, ce qui est impensable, mais
pour l'atténuer. Et je me suis en effet fréquemment
demandé si mon état présent me satisfait au point de
ne pas vouloir y toucher et s'il ne serait pas possible de
procéder en moi à certains changements, même si je
ne le faisais pas parce que j'étais convaincu de leur
nécessité, mais uniquement pour calmer un peu cette
femme. Et je m'y suis loyalement employé, en me
donnant du mal et en y mettant du soin, cela allait
même dans mon sens, j'y prenais presque du plaisir ;
il en résulta divers changements, visibles de loin ; je
n'ai pas eu besoin de les signaler à la petite femme,
elle voit ces choses-là avant moi, elle remarque mes
intentions dans mon comportement ; mais mes efforts
ne furent pas couronnés de succès. Comment eût-il pu
d'ailleurs en aller autrement ? Son mécontentement
envers moi, je le comprends maintenant, est fonda-

mental ; rien ne peut l'éliminer, pas même ma dispari-
tion ; la nouvelle de mon suicide, par exemple,
provoquerait chez elle une interminable crise de
fureur. Or, je ne puis pas imaginer qu'avec sa
perspicacité, elle ne comprenne pas tout cela aussi
bien que moi, tout autant l'inanité de ses efforts que
ma propre innocence, l'incapacité où je me trouve de
répondre, même avec la meilleure volonté, à ses
exigences. Il est bien évident qu'elle le comprend,
mais une nature guerrière comme la sienne a tôt fait
de l'oublier dans l'ardeur du combat ; et moi, je suis
malheureusement ainsi fait — on ne peut hélas ! pas
se changer — que je ne puis m'empêcher, quand je
vois quelqu'un sortir de ses gonds, de l'exhorter
doucement à reprendre son calme. Il nous sera
naturellement difficile de la sorte de jamais nous
entendre. Je vais par exemple tous les jours sortir de la
maison dans l'allégresse des premières heures du
matin et apercevoir ce visage dévoré de chagrin à
cause de moi, cette moue de contrariété, je vais sentir
passer sur moi ce regard inquisiteur qui, avant toute
enquête, sait déjà ce qu'il va trouver, ce regard
auquel, si fugitif soit-il, rien ne peut échapper, je vais
revoir ces joues virginales creusées par un sourire
amer, ces yeux douloureusement levés vers le ciel, ces
mains campées sur les hanches pour se donner plus
d'aplomb et, pour finir, ces pâleurs et ces tremblements que provoque l'indignation.

J'ai fait récemment quelques allusions à cette
affaire auprès d'un de mes bons amis ; c'était la
première fois que cela m'arrivait, comme je me
l'avouai, à mon propre étonnement ; je le fis en

quelques mots, légèrement et comme incidemment ; si peu que j'attache extérieurement d'importance à cette affaire, je la ramenai encore un peu au-dessous de la vérité. Chose curieuse, cet ami fut très attentif à mes propos ; il donna même de son propre chef de l'importance à cette affaire, il ne voulait pas changer de sujet de conversation et en revenait toujours à celui-là. Mais il est plus curieux encore qu'il ait, sur un point essentiel, sous-estimé l'affaire, car il me conseilla, tout de bon, de partir un peu en voyage. On ne pouvait imaginer un conseil moins sensé. La situation n'est évidemment pas compliquée, le premier venu peut en faire le tour, pourvu qu'il regarde les choses d'un peu près ; mais elle n'est tout de même pas si simple qu'il suffise de mon départ pour que tout, ou même seulement l'essentiel, rentre dans l'ordre. Je dois bien me garder de partir, au contraire ; si je dois me fixer une ligne de conduite, ce doit être en tout cas de maintenir l'affaire dans les étroites limites où elle s'est tenue jusqu'à présent, à l'écart du monde extérieur ; il faut donc rester tranquillement là où je suis et ne tolérer aucun changement spectaculaire provoqué par cette affaire ; ce qui signifie aussi que je ne dois en parler à personne ; et tout cela, non parce qu'il s'agirait d'un secret dangereux, mais au contraire d'une petite aventure strictement personnelle et par conséquent facile à supporter, et qui doit garder ce caractère. C'est en cela que les remarques de mon ami n'ont pas été malgré tout inutiles ; elles ne m'ont rien appris de nouveau, mais elles m'ont confirmé dans mes vues.

D'ailleurs, à y bien réfléchir, il apparaît que les

modifications que l'affaire semble avoir subies au
cours du temps n'affectent pas la chose elle-même,
elles traduisent seulement l'évolution de l'idée que je
m'en fais ; d'un côté, cette idée est devenue plus paisible, plus virile, elle va davantage au cœur de la chose ;
mais, d'un autre côté, j'en conviens, sous l'influence
inévitable de ces perpétuels ébranlements, si légers
soient-ils, elle est affectée d'une certaine nervosité.

Je considère la chose plus calmement quand je crois
comprendre que le dénouement, même s'il donne
parfois l'impression d'être proche, n'est pas encore si
près de se produire ; on a fréquemment tendance,
quand on est jeune, à surestimer beaucoup la rapidité
avec laquelle les dénouements interviennent ; quand
mon juge — je veux dire : cette petite femme —
tombant en faiblesse à ma vue, s'effondrait sur le côté
de son fauteuil, se cramponnait d'une main au dossier
et, de l'autre main, tripotait les cordons de son corset,
quand des larmes de colère et de désespoir coulaient le
long de ses joues, je pensais toujours que l'heure du
dénouement était venue et que j'allais être convoqué
pour me justifier. Mais il s'agissait bien de dénouement ou de justification ! Les femmes ont facilement
des malaises et le monde n'a pas le temps de s'occuper
de tout. Et, à vrai dire, que s'est-il passé au cours de
toutes ces années ? Rien, sinon que des incidents de ce
genre se sont renouvelés, tantôt plus forts, tantôt
moins et que, par conséquent, le total a augmenté. Et
aussi, qu'il y a dans le voisinage des gens qui rôdent et
qui aimeraient bien intervenir, s'ils en trouvaient la
possibilité, mais ils n'y parviennent pas ; jusqu'à
présent, ils ne se sont fiés qu'à leur flair ; or, le flair

tout seul suffit bien pour donner de l'occupation aux gens qui en ont, mais il ne sert à rien d'autre. Au fond, rien n'a changé ; il y a toujours eu de ces badauds inutiles et de ces pompeurs d'air ; ils ont toujours su faire excuser leur présence par quelque malice, de préférence en se donnant pour des parents ; ils n'ont jamais cessé d'espionner, ils avaient du flair à ne savoir qu'en faire, sans autre résultat que d'être toujours plantés là. La seule différence est que j'ai peu à peu appris à les connaître et que maintenant je distingue leurs visages ; je croyais autrefois qu'il en venait peu à peu de tous les côtés, que l'affaire prenait ainsi peu à peu de l'importance et que le dénouement allait se produire de lui-même ; je crois savoir aujourd'hui qu'il en a été ainsi de tout temps et que tout cela n'a aucun rapport, ou fort peu, avec le dénouement. Et le dénouement lui-même : pourquoi le baptiser d'un si grand nom ? Si un jour — ce ne sera certainement pas demain ni après-demain, ce ne sera sans doute jamais — l'opinion publique était amenée à s'occuper de cette affaire, pour laquelle, je ne cesserai jamais de le répéter, elle n'est pas compétente, il est probable que je ne sortirai pas indemne de cette procédure, mais il faudra bien tenir compte du fait que je ne suis pas un inconnu, que j'ai toujours vécu au grand jour, confiant et digne de confiance, et que, par conséquent, cette petite femme souffreteuse survenue après coup — qu'entre parenthèses un autre que moi aurait depuis longtemps reconnue comme une méchante tique, qu'il aurait sans bruit et à l'insu du public écrasée sous sa botte —, cette petite femme ne pourrait, en mettant les choses au pire, qu'apposer un vilain paraphe sur le brevet de membre honorable de la société qui m'a été depuis longtemps décerné. Voilà où en sont les choses aujourd'hui ; il n'y a donc rien là qui soit fait pour m'inquiéter.

Si cependant je suis devenu un peu inquiet avec les années, cela n'a rien à voir avec l'importance de l'affaire en elle-même ; c'est seulement qu'on ne peut pas supporter d'être pour quelqu'un une cause perpétuelle d'irritation, même si l'on reconnaît que cette irritation est sans fondement ; on s'inquiète, on se met, physiquement en quelque sorte, à épier l'arrivée d'un dénouement, même si raisonnablement on n'y croit pas beaucoup. Mais il s'agit, pour une part aussi, d'un symptôme de l'âge ; quand on est jeune, tout vous convient ; les vilains détails sont emportés par la source sans cesse jaillissante de la vitalité ; si un jeune garçon a un regard un peu inquisiteur, on ne lui en fait pas grief ; personne ne le remarque, même pas lui ; mais, quand on est vieux, il ne subsiste plus que des restes ; chaque chose compte, rien ne se renouvelle plus ; et le regard inquisiteur d'un homme qui n'est plus tout jeune est en toute clarté un regard inquisiteur ; il n'est pas difficile de s'en rendre compte. Mais rien de tout cela ne signifie une aggravation de la chose en elle-même.

De quelque manière que je considère cette affaire, il apparaît toujours, et je m'en tiens à cette conclusion, que, pourvu que je sache dissimuler cette toute petite chose en posant la main dessus, je pourrai continuer encore longtemps, sans être gêné par qui que ce soit, à mener tranquillement la vie que j'ai menée jusqu'à présent, en dépit de toutes les fureurs de cette femme.

UN ARTISTE DE LA FAIM[1]

L'intérêt que l'on porte aux jeûneurs professionnels
a beaucoup baissé au cours des dernières décennies.
Alors qu'il était avantageux autrefois d'organiser
pour son propre compte des spectacles de cette
nature, cela est devenu aujourd'hui tout à fait impossible. C'étaient d'autres temps. À cette époque, toute
la ville s'occupait du jeûneur ; l'intérêt croissait de
jour de jeûne en jour de jeûne ; chacun voulait voir le
jeûneur au moins une fois par jour ; vers la fin, il y
avait des abonnés qui restaient toute la journée assis
devant la petite cage grillagée ; même la nuit, on
organisait des visites qui, pour rehausser le spectacle,
avaient lieu aux flambeaux ; quand le temps était
beau, on portait la cage dehors et c'était alors surtout
aux enfants qu'on allait montrer le jeûneur ; alors que
ce n'était souvent pour les grandes personnes qu'un
amusement, auquel elles participaient parce que
c'était la mode, les enfants regardaient avec étonnement, la bouche ouverte et, pour plus de sûreté, en se
tenant par la main, cet homme blême, en maillot noir,
les côtes saillantes, couché sur une litière de paille,
parce qu'il dédaignait même d'utiliser une chaise,
tantôt hochant la tête avec politesse ou répondant
avec un sourire forcé aux questions qu'on lui posait ou
encore passant le bras à travers la grille pour qu'on
puisse tâter sa maigreur, tantôt aussi s'abîmait à
nouveau en lui-même, ne s'inquiétait plus de personne, ne prêtait même plus attention à la sonnerie,

pourtant si importante pour lui, de la pendule, qui
constituait tout le mobilier de sa cage ; il regardait
alors devant lui, les yeux presque clos et portant de
temps à autre à sa bouche un minuscule verre d'eau
pour s'humecter les lèvres.

En dehors des spectateurs toujours différents, il y
avait aussi en permanence des surveillants, choisis par
le public ; c'étaient, en général, chose curieuse, de
simples bouchers, qui restaient toujours là trois par
trois, et dont la mission consistait à observer jour et
nuit le jeûneur, pour l'empêcher de s'alimenter en
cachette. Mais ce n'était qu'une formalité, qu'on avait
introduite seulement pour rassurer les foules, car les
initiés savaient bien que jamais pendant la période de
jeûne, le jeûneur n'aurait voulu, sous aucun prétexte
et même sous la contrainte, absorber la moindre
nourriture ; l'honneur de son art le lui interdisait.
Certes, tous les surveillants ne pouvaient pas
comprendre cela ; il y avait même quelquefois des
équipes de nuit, qui n'exerçaient leur surveillance
qu'avec relâchement, qui allaient s'installer à dessein
dans un coin à l'écart et se plongeaient dans une
partie de cartes, avec l'intention manifeste de laisser
le jeûneur prendre un petit réconfort, qu'il devait
pouvoir trouver, selon eux, dans quelque réserve
secrète. Il n'y avait rien que le champion de jeûne
trouvât plus pénible que les surveillants de cette
espèce ; ils le remplissaient de tristesse ; ils lui ren-
daient son jeûne atrocement difficile ; parfois, il lui
arrivait de dominer sa faiblesse et, aussi longtemps
que ses forces le lui permettaient, de se mettre à
chanter pendant leur tour de veille, pour montrer à

ces gens-là combien ils étaient injustes de le soupçonner. Mais cela ne servait pas à grand-chose ; ils
s'étonnaient seulement de l'adresse avec laquelle il
parvenait à manger en chantant. Il préférait de
beaucoup les surveillants qui s'asseyaient tout
contre la grille et, sans se contenter de l'éclairage de
nuit tamisé de la salle, dirigeaient sur lui les lampes
électriques de poche, que l'impresario mettait à leur
disposition. La lumière vive ne le gênait pas ; il ne
pouvait, de toute façon, pas dormir, mais il était
toujours capable de somnoler un peu, quel que fût
l'éclairage et quelle que fût l'heure, même quand la
salle était bondée et bruyante. Il était toujours dis-
posé, avec ces gardiens-là, à passer toute la nuit sans
dormir ; il était prêt à plaisanter avec eux, à leur
raconter des anecdotes sur ses pérégrinations et à
écouter à son tour leurs histoires, uniquement pour les
tenir éveillés, pour être en mesure de leur montrer à
tout moment qu'il n'avait rien de comestible dans sa
cage et qu'il jeûnait comme aucun d'entre eux n'aurait pu le faire. Mais, le moment où il était le plus
heureux, c'était quand, le matin, on leur apportait à
ses frais un petit déjeuner très copieux, sur lequel ils
se jetaient avec l'appétit d'hommes en bonne santé
qui viennent de passer une pénible nuit blanche. Il y
avait bien, il est vrai, des gens qui voulaient voir dans
ce petit déjeuner une tentation illicite pour corrompre
les surveillants, mais c'était vraiment aller un peu
trop loin et, quand on demandait à ces gens si eux-
mêmes accepteraient éventuellement, uniquement
dans l'intérêt de la chose, de prendre la garde de nuit

sans petit déjeuner, ils se dérobaient, sans toutefois revenir sur leurs insinuations.

Ces insinuations, à vrai dire, étaient de celles qui sont inséparables de l'exercice du jeûne. Personne, en effet, n'était en mesure de passer ses jours et ses nuits à surveiller le jeûneur sans arrêt, personne ne pouvait donc savoir de ses propres yeux s'il avait vraiment jeûné sans interruption et de manière irréprochable ; seul le champion de jeûne lui-même pouvait le savoir, lui seul par conséquent pouvait être en même temps le spectateur pleinement satisfait de son propre jeûne. Mais, pour une autre raison, il n'était jamais satisfait ; peut-être n'était-ce pas le jeûne qui le faisait maigrir, au point que beaucoup de gens devaient à regret s'abstenir de venir aux représentations, parce qu'ils ne pouvaient plus supporter sa vue ; peut-être était-ce son insatisfaction envers lui-même qui le faisait ainsi maigrir. Il était en effet seul à savoir combien le jeûne était facile, aucun autre initié ne le savait. Il n'était rien de plus aisé. Il n'en faisait d'ailleurs pas mystère, mais on ne le croyait pas ; dans le meilleur des cas, on disait qu'il était modeste, mais, la plupart du temps, on le prétendait trop occupé de sa publicité ; ou bien on voyait en lui un faussaire qui, en effet, n'avait pas de mal à jeûner, parce qu'il savait se faciliter les choses et qui avait encore le front de l'avouer à moitié. Il lui fallait subir tout cela, il s'y était d'ailleurs habitué au cours des années, mais intérieurement, ce mécontentement ne cessait de le ronger, et jamais — il fallait lui rendre cette justice — jamais il n'avait quitté volontairement sa cage au bout d'une période de jeûne. L'impresario avait fixé la limite du jeûne à

quarante jours[2] ; passé ce délai, il ne le laissait jamais
jeûner, même dans les grandes métropoles et il avait
pour cela de bonnes raisons. L'expérience montrait,
en effet, que l'on pouvait, en forçant peu à peu la
publicité, susciter toujours davantage l'intérêt d'une
ville, mais qu'ensuite le public faisait défaut ; on
enregistrait une diminution sensible de la demande ; il
existait naturellement de légères différences selon les
villes et selon les pays, mais, en règle générale,
quarante jours étaient un maximum. Alors, le quarantième jour, on ouvrait la porte de la cage enguirlandée
de fleurs, un public enthousiaste emplissait l'am-
phithéâtre, une musique militaire jouait, deux médecins entraient dans la cage pour pratiquer sur le
jeûneur les mensurations nécessaires, on proclamait
les résultats dans la salle au moyen d'un mégaphone
et finalement, deux jeunes dames, heureuses d'avoir
été désignées par le sort, se présentaient pour faire
descendre au jeûneur les quelques marches de sa cage
et l'emmener jusqu'à la petite table où un repas de
malade, composé avec les plus grandes précautions,
avait été servi. À ce moment-là, le champion de jeûne
se débattait toujours. Il acceptait encore de déposer
spontanément ses bras décharnés dans les mains que
les dames, penchées en deux, tendaient vers lui pour
l'aider, mais il refusait de se lever. Pourquoi s'arrêter
juste maintenant, au bout de quarante jours ? Il aurait
encore pu tenir longtemps, il aurait pu tenir un temps
illimité ; pourquoi s'arrêter maintenant, en plein
milieu du jeûne, avant même qu'il n'ait atteint le
meilleur du jeûne ? Pourquoi voulait-on le priver de la
gloire de continuer à jeûner et, non seulement de

devenir le plus grand champion de jeûne de tous les temps, ce qu'il était probablement déjà, mais encore de se dépasser lui-même pour atteindre des records inimaginables, car il ne sentait aucune limite à sa faculté de jeûner. Pourquoi cette foule, qui prétendait tellement l'admirer, était-elle si impatiente ? S'il supportait de tenir encore plus longtemps, pourquoi ne voulait-elle pas, de son côté, tenir un peu davantage ? Et puis, il était fatigué ; il était bien, assis dans sa paille et il lui fallait maintenant se mettre sur ses pieds, se lever de toute sa hauteur et se rendre à ce repas, dont la seule idée lui donnait des nausées, qu'il réprimait difficilement, uniquement par égard pour les dames. Et il levait son regard vers les yeux de ces deux dames, apparemment si aimables et en réalité si cruelles et il secouait la tête, cette tête trop lourde pour son faible cou. Mais il se passait alors ce qui se passait toujours. L'impresario arrivait et, sans dire un mot — car la musique empêchait de parler —, levait les bras au-dessus du champion de jeûne, comme s'il invitait le ciel à venir contempler sur la paille sa créature, ce martyr lamentable qu'était en effet le jeûneur, encore que dans un sens tout différent ; il passait le bras autour de la taille mince du jeûneur, avec d'excessives précautions, comme pour montrer la fragilité de l'objet qu'il avait à manier ; après quoi, il le remettait — non sans subrepticement le secouer un peu, tant et si bien que le jeûneur laissait vaciller ses jambes et le haut de son corps, sans contrôler ses mouvements — il le remettait entre les mains des dames, devenues pâles comme la mort. Le jeûneur maintenant se laissait tout faire ; sa tête pendait sur sa

poitrine, on eût dit qu'on l'avait roulée jusque-là et
qu'elle y restait, accrochée on ne sait comment ; son
corps s'était creusé ; ses jambes, comme mues par
l'instinct de conservation, serraient les genoux l'un
contre l'autre, tout en grattant le sol, comme si ce
n'eût pas été le bon et qu'il eût fallu encore chercher le
sol véritable ; et tout le poids du corps, bien minime à
vrai dire, pesait sur l'une des dames, laquelle, en
cherchant de l'aide et le souffle haletant — ce n'est
pas ainsi qu'elle avait imaginé cette fonction honorifi-
que — commençait par tendre le cou, afin de protéger
au moins son visage de tout contact avec le jeûneur ;
puis, comme elle n'y parvenait pas et que sa
compagne plus chanceuse, au lieu de venir à son
secours, se contentait de tenir devant elle la main du
jeûneur, ce petit paquet d'os, elle éclatait en sanglots,
au milieu des ricanements ravis de l'assistance et
devait céder sa place à un employé depuis longtemps
tenu en réserve. Ensuite, avait lieu le repas, dont
l'impresario faisait ingurgiter quelques bouchées au
jeûneur, tombé dans un demi-sommeil proche de la
pâmoison, tout en bavardant gaiement avec lui, afin
de détourner l'attention du public de l'état dans
lequel se trouvait le champion de jeûne ; puis, on
portait un toast au public, prétendument murmuré
par le jeûneur à l'oreille de l'impresario ; l'orchestre
soulignait le tout par une bruyante fanfare ; après
quoi, on se séparait et personne n'avait le droit d'être
mécontent du spectacle, personne, sauf le jeûneur,
toujours le seul jeûneur.

C'est ainsi qu'il vécut de nombreuses années avec
de courtes périodes régulières de repos, apparemment

en pleine gloire, honoré par tous, et, malgré tout cela, le plus souvent d'humeur mélancolique, d'une humeur d'autant plus sombre qu'il n'y avait personne pour la prendre au sérieux. Comment, d'ailleurs, eût-il été possible de le consoler ? Que pouvait-il encore désirer ? Et s'il se trouvait par hasard un homme de bonne volonté pour le plaindre et lui déclarer que sa tristesse venait probablement de la faim, il pouvait arriver au jeûneur, surtout vers la fin d'une période de jeûne, de répondre par un accès de fureur et, à la terreur de tous, de secouer comme une bête les barreaux de sa cage. Mais l'impresario avait dans ces cas-là un châtiment tout prêt, dont il faisait volontiers usage. Il excusait le jeûneur devant toute l'assistance, concédait que seule l'irritabilité provoquée par la faim, que des gens bien repus avaient assurément quelque peine à comprendre, pouvait rendre pardonnable la conduite du champion de jeûne ; puis, de fil en aiguille, il en venait à parler de l'autre prétention du jeûneur, qui exigeait, elle aussi, une explication, à savoir qu'il pourrait jeûner beaucoup plus longtemps qu'il ne le faisait ; il chantait la louange de la haute ambition, de la bonne volonté, de l'abnégation que contenait cette affirmation ; mais il cherchait ensuite à la réfuter, par un procédé très simple, à savoir en montrant des photographies, qu'il faisait acheter en même temps par le public, sur lesquelles on voyait le jeûneur au quarantième jour, étendu sur son lit, presque anéanti par l'épuisement. Cette déformation de la vérité, que le jeûneur connaissait bien, mais qui, chaque fois, parvenait à lui retirer toute son énergie, passait vraiment la mesure. On présentait ici comme

la cause ce qui était seulement un effet de l'interruption prématurée du jeûne. En face d'une telle incom-
préhension, en face d'un tel monde d'incompréhen-
sion, il était impossible de lutter. Chaque fois, avec
une naïve bonne foi, il avait écouté, avidement pressé
contre les barreaux, les propos de l'impresario ; mais,
dès qu'apparaissaient les photographies, il lâchait les
barreaux, retombait en soupirant sur sa paille et le
public rassuré pouvait à nouveau s'approcher et le
regarder.

Quand les témoins de pareilles scènes se les remé-
moraient quelques années plus tard, ils ne parve-
naient souvent même plus à comprendre ce qu'ils
disaient. Car entre-temps avait eu lieu le revirement
dont il a déjà été question ; il s'était produit de
manière presque soudaine ; ce revirement avait peut-
être des causes profondes, mais qui se serait soucié de
les découvrir ? Quoi qu'il en soit, le champion de
jeûne, habitué au succès, se trouva un jour abandonné
par le public en quête de distractions, qui préférait se
porter en foule vers d'autres spectacles. L'impresario
sillonna encore une fois la moitié de l'Europe avec lui,
pour voir si on ne retrouverait pas ici ou là l'intérêt
d'autrefois, mais ce fut en vain ; on eût dit que tout le
monde s'était secrètement mis d'accord pour éprouver
une véritable aversion à l'égard des jeûneurs professionnels. Bien entendu, cela n'avait pas pu se produire
dans la réalité de manière si soudaine et on se
remémorait maintenant bien des signes prémoni-
toires, auxquels, à l'époque, dans l'ivresse du succès,
on n'avait pas suffisamment pris garde et qu'on
n'avait pas suffisamment combattus ; mais il était

trop tard maintenant pour y remédier en quelque
manière. Il était certain, naturellement, que le temps
des jeûnes reviendrait un jour, mais ce n'était pas une
consolation pour les vivants. Que devait faire le
jeûneur à présent ? Lui que des milliers de gens
avaient acclamé ne pouvait pas se montrer dans les
petites baraques des foires et, pour pratiquer un autre
métier, il était non seulement trop vieux, mais surtout
trop passionnément adonné au jeûne. Il donna donc
congé à l'impresario, le compagnon d'une carrière
sans pareille, et se fit engager par un grand cirque ;
pour ménager son amour-propre, il ne regarda même
pas les conditions du contrat.

Un grand cirque, avec le nombre immense
d'hommes, de bêtes et d'appareils qui ne cessent de se
succéder et de se compléter, peut employer n'importe
qui à tout moment, même un jeûneur professionnel, à
condition, bien entendu, que ses prétentions soient
modestes ; d'ailleurs, dans ce cas particulier, ce n'était
pas seulement le jeûneur qu'on engageait, mais aussi
son nom jadis illustre ; et, étant donné la nature
particulière de cet art, qui ne baisse pas à mesure que
les années augmentent, on ne pouvait même pas dire
qu'on avait affaire à un artiste en fin de carrière qui
n'était plus au meilleur de sa forme et qui cherchait
refuge au cirque dans un poste de tout repos ; le
jeûneur prétendait au contraire qu'il jeûnait aussi
bien qu'autrefois, ce qui était tout à fait vraisemblable, et que, si on le laissait faire à son gré, ce qu'on
lui promit sans difficulté, c'est maintenant seulement
qu'il allait plonger le monde dans un étonnement
justifié, affirmation qui, à vrai dire, vu le nouvel état

d'esprit de l'époque, que le champion de jeûne dans son ardeur était enclin à facilement oublier, n'était reçue parmi les connaisseurs qu'avec le sourire.

Pourtant, le champion de jeûne ne méconnaissait pas au fond la situation réelle et il admettait comme tout naturel qu'on ne le plaçât pas avec sa cage au milieu du manège, comme clou de la soirée et qu'on le logeât au-dehors en un lieu d'ailleurs facilement accessible à proximité de la ménagerie. De grandes pancartes de toutes couleurs encadraient sa cage en indiquant ce qu'il y avait à voir à cet endroit. Lorsque le public, pendant les entractes du spectacle, se pressait du côté de la ménagerie pour voir les bêtes, il devait à peu près inévitablement passer à proximité du champion de jeûne et s'y arrêter un instant ; peut-être même serait-on resté plus longtemps auprès de lui si, dans cet étroit passage, les gens qui poussaient derrière et qui ne comprenaient pas cet arrêt sur le chemin qui menait à la ménagerie, où ils étaient si pressés d'arriver, n'avaient empêché de le contempler plus longtemps à loisir. C'était aussi la raison pour laquelle le jeûneur, qui aspirait naturellement à ces visites, puisqu'elles constituaient le but de sa vie, tremblait aussi quand l'heure approchait. Dans les premiers temps, il pouvait à peine attendre les entractes ; il avait vu d'abord avec ravissement la foule affluer vers lui, mais il avait dû vite se convaincre — même une illusion obstinée et presque consciente ne pouvait résister à l'expérience — que, surtout dans leur intention, ces gens étaient toujours et sans exception des visiteurs de la ménagerie. Encore ce spectacle était-il surtout beau quand on le

^vait de loin. Car, dès que la foule s'approchait de lui. il était assourdi immédiatement par les cris et les injures qu'échangeaient deux factions, qui ne cessaient de se former ; ceux qui voulaient regarder le jeûneur tout à leur aise, non par sympathie, mais par caprice ou par défi — et qui lui devinrent rapidement les plus odieux ; et les autres, qui avaient avant tout envie de voir la ménagerie. Le gros de la foule écoulé, c'était le tour des retardataires, et ceux-là, que rien n'empêchait plus de stationner aussi longtemps qu'ils en avaient envie, passaient à grands pas, sans jeter le moindre coup d'œil de côté, pour arriver à temps là où étaient les bêtes. Et c'était une rare aubaine que de voir arriver avec ses enfants un père de famille, qui leur montrait du doigt le champion de jeûne, leur expliquait en détail de quoi il s'agissait, leur parlait de l'ancien temps, où il avait assisté à des représentations de cette sorte, mais beaucoup plus grandioses ; les enfants, que ni la vie ni l'école n'avaient suffisamment préparés à cela, restaient là, il est vrai, sans comprendre — comment eussent-ils su ce qu'était le jeûne ? —, mais on voyait cependant briller dans leur regard inquisiteur comme la promesse de temps nouveaux et plus cléments. Peut-être, se disait alors quelquefois le jeûneur, les choses iraient-elles un peu mieux, si on ne l'avait pas installé si près des écuries. C'était rendre au public le choix trop facile, sans compter que les émanations de la ménagerie, le bruit inquiet que faisaient les bêtes pendant la nuit, le transport des morceaux de viande crue pour les fauves, les cris des animaux quand on leur apportait la nourriture, tout cela le blessait et le plongeait dans l'accablement. Mais il n'osait pas présenter de réclamations à la direction ; c'était aux bêtes malgré tout qu'il devait ce défilé de visiteurs, parmi lesquels de loin en loin, il pouvait peut-être y en avoir un qui lui était destiné ; et qui sait où on serait allé le cacher, s'il avait voulu rappeler qu'il existait ? C'eût été rappeler en même temps qu'il n'était, à tout prendre, qu'un obstacle sur le chemin de la ménagerie.

Un petit obstacle, à vrai dire, un obstacle qui devenait de jour en jour plus minime. On s'était accoutumé à l'idée bizarre de prétendre de nos jours attirer l'attention sur un jeûneur professionnel, et cette accoutumance suffisait à sceller son destin. Il pouvait jeûner tout son saoul, et c'est bien d'ailleurs ce qu'il faisait, — mais rien ne pouvait plus le sauver, on passait devant lui sans le voir. Allez donc expliquer à quelqu'un ce qu'est l'art du jeûne ! À qui ne le comprend pas d'instinct, personne ne pourra l'expliquer. Les belles pancartes s'étaient salies et étaient devenues illisibles ; on les retira et il ne vint à l'esprit de personne de les remplacer ; la tablette sur laquelle figurait le nombre des journées de jeûne accomplies, que, dans les premiers temps, on mettait soigneusement à jour, indiquait depuis longtemps déjà le même chiffre, car, au bout de quelques semaines, le personnel s'était lassé de ce travail pourtant minime ; et ainsi, le jeûneur continuait à jeûner comme il avait rêvé jadis de le faire, et il y parvenait sans peine, comme il l'avait prédit autrefois ; mais personne ne comptait plus les jours ; personne, pas même le jeûneur lui-même ne savait où en était sa performance et la tristesse prenait possession de son cœur. Et si,

par hasard, un oisif s'arrêtait, se moquait du chiffre
périmé et parlait de supercherie, c'était bien le
mensonge le plus stupide que pussent imaginer l'indifférence et la méchanceté innée, car ce n'était pas le
champion de jeûne qui trompait le monde, c'était le
monde qui le trompait en le frustrant de son salaire.

Pourtant, il se passa encore de nombreux jours,
après quoi cette période prit fin, elle aussi. La cage
attira un jour l'attention d'un inspecteur, qui
demanda aux garçons pourquoi on gardait inutilement cette cage pleine de paille pourrie, qui aurait
très bien pu servir ailleurs ; personne ne savait quoi
répondre, lorsque l'un d'eux, grâce à la tablette, se
rappela le champion du jeûne. On remua la paille
avec des perches et on y trouva le jeûneur. « Tu jeûnes
toujours ? », demanda l'inspecteur, « quand vas-tu
enfin cesser ? » « Pardonnez-moi tous », dit le jeûneur ; seul l'inspecteur, qui avait mis l'oreille contre la
grille, comprit ce qu'il disait. « Bien sûr ! », dit
l'inspecteur en portant le doigt à son front pour
indiquer au personnel l'état dans lequel se trouvait le
jeûneur, « bien sûr, nous te pardonnons ». « J'ai
toujours voulu que vous admiriez mon jeûne », dit le
jeûneur. « Mais nous l'admirons ! » dit l'inspecteur,
conciliant. « Mais il ne faut pas l'admirer ! », dit le
jeûneur. « Bon, dans ce cas-là, nous ne l'admirons
pas », dit l'inspecteur, « et pourquoi ne faut-il pas
l'admirer ? » « Parce que je suis forcé d'avoir faim, je
ne peux pas faire autrement », dit le jeûneur.
« Voyez-moi cela », dit l'inspecteur, « et pourquoi ne
peux-tu pas faire autrement ? » « Parce que », dit le

jeûneur, (en soulevant un peu sa petite tête et en avançant les lèvres comme s'il voulait donner un baiser ; il parlait à l'oreille de l'inspecteur, afin qu'aucune de ses paroles ne se perdît), parce que je n'ai pas pu trouver d'aliment qui me plaise. Si j'en avais trouvé un, crois-moi, je n'aurais pas fait tant de façons et je m'en serais repu comme toi et les autres. » Ce furent ses derniers mots, mais dans ses yeux mourants demeurait encore la conviction toujours assurée, mais maintenant dénuée de fierté, qu'il continuait à jeûner.

« Il est temps de mettre un peu d'ordre », dit l'inspecteur et on enterra le jeûneur en même temps que la paille. Et dans la cage on mit une jeune panthère. Ce fut, même pour l'esprit le plus obtus, un sensible soulagement, de voir, dans cette cage si longtemps délaissée, le mouvement de cette bête sauvage. Elle avait tout ce qu'il lui fallait. Les gardiens n'avaient pas longtemps à réfléchir pour trouver la nourriture qui lui plaisait ; elle ne semblait même pas regretter sa liberté. Ce noble corps, doué de tout le nécessaire jusqu'à en éclater, paraissait transporter aussi la liberté avec lui ; on eût dit qu'elle était logée quelque part dans sa mâchoire ; et la joie de vivre jaillissait avec tant de flamme du fond de son gosier que les spectateurs avaient peine à y faire face. Mais ils se dominaient, se pressaient en foule autour de la cage et il n'était plus possible de les en écarter.

JOSÉPHINE LA CANTATRICE
OU LE PEUPLE DES SOURIS[1]

Notre cantatrice s'appelle Joséphine. Quiconque ne l'a pas entendue ignore la puissance du chant. Il n'existe personne que son chant ne transporte, ce qui est d'autant plus notable que notre race dans l'ensemble n'aime pas la musique. Le calme et la paix sont la musique que nous préférons ; nous avons une vie difficile ; même quand nous avons essayé de nous délivrer de nos soucis quotidiens, il ne nous est plus possible de nous élever jusqu'à des choses aussi éloignées que la musique du reste de notre vie. Pourtant, nous ne nous en plaignons guère, nous n'allons même pas jusque-là ; nous pratiquons une sorte de malice, dont nous avons d'ailleurs assurément le plus pressant besoin et que nous considérons comme notre qualité principale et c'est avec un sourire malicieux que nous avons pris l'habitude de nous consoler de ce que nous n'avons pas ; il en serait ainsi, si jamais — ce qui ne se produira pas —, nous devions éprouver un jour la nostalgie du bonheur que procure peut-être la musique. Seule Joséphine constitue une exception ; elle aime la musique et sait aussi l'exprimer ; elle est la seule ; quand elle ne sera plus, la musique disparaîtra de notre vie — qui sait pour combien de temps ?

Je me suis souvent demandé comment, à vrai dire,

les choses se passaient, avec cette musique. Nous n'avons aucun sens musical; d'où vient que nous comprenions le chant de Joséphine ou, puisque Joséphine prétend que nous ne la comprenons pas, que nous croyons tout au moins la comprendre? La réponse la plus simple serait de dire que la beauté de ce chant est si grande que l'esprit le plus obtus ne peut lui résister, mais cette réponse n'est pas satisfaisante. S'il en était ainsi, nous devrions avoir de prime abord et en toutes circonstances, quand nous entendons ce chant, le sentiment de quelque chose d'extraordinaire, le sentiment que ce qui sort de ce gosier est une chose que nous n'avons jamais entendue auparavant et que nous n'avons même pas la capacité d'entendre, que seule Joséphine et personne d'autre est capable de nous faire entendre. Mais c'est précisément, à mon avis, ce qui ne se produit pas; je n'éprouve rien de tel et je n'ai jamais remarqué rien de tel chez les autres. Entre intimes, nous avouons ouvertement que le chant de Joséphine, en tant que chant, n'a rien d'extraordinaire.

Est-ce même du chant? Malgré notre absence de sens musical, nous avons des traditions en ce qui concerne le chant; le chant existait dans les anciens temps de notre peuple; des légendes en font mention; et quelques chansons se sont même conservées que, bien entendu, personne ne sait plus chanter. Nous avons donc quelque idée de ce qu'est le chant, à quoi l'art de Joséphine ne correspond pas du tout. Est-ce même du chant? Ne s'agit-il pas plutôt d'un simple couinement? Et naturellement nous savons tous couiner; c'est le talent qui est propre à notre peuple, ou plutôt ce n'est même pas un talent, mais une expression caractéristique de notre vie. Nous couinons tous, mais il ne vient évidemment à l'esprit de personne de faire passer cela pour un art, nous couinons sans y prêter attention et même sans le remarquer et il y en a beaucoup parmi nous qui ne savent même pas que le couinement est un de nos caractères distinctifs. Si donc il était vrai que Joséphine ne chante pas, mais qu'elle se contente de couiner et peut-être même — c'est du moins mon opinion — qu'elle ne dépasse guère les limites du couinement ordinaire et n'a peut-être même pas la force suffisante pour cela —, alors que le premier campagnard venu le fait sans peine, la journée entière tout en travaillant —, si donc tout cela était vrai, l'art qu'on attribue prétendument à Joséphine serait réduit à néant; mais il serait alors plus nécessaire encore de résoudre l'énigme que constitue l'effet qu'elle exerce sur nous.

Mais, malgré tout, ce qu'elle émet n'est plus seulement un couinement. Si on se met très loin d'elle et qu'on écoute ou, mieux encore, si on se soumet à une expérience, si, par exemple, Joséphine chante au milieu d'autres et qu'on se donne pour tâche de reconnaître sa voix, on n'entendra incontestablement rien d'autre qu'un couinement ordinaire, remarquable tout au plus par sa faiblesse ou sa gracilité. Mais, si l'on se tient devant elle, il ne s'agit malgré tout pas seulement d'un couinement; pour comprendre son art, il ne suffit pas de l'entendre, il faut aussi la voir. Même s'il ne s'agissait que de notre banal couinement, il y a là déjà cette particularité que quelqu'un vient se camper solennellement pour ne rien faire que d'ordinaire. Ce n'est certainement pas un art que de casser une noix et personne ne se risquera donc à convoquer tout un public pour le distraire en cassant des noix. S'il le fait cependant et que son projet réussisse, c'est la preuve qu'il s'agit malgré tout d'autre chose que de casser des noix. Ou bien il s'agit vraiment de casser des noix, mais il apparaît que nous n'avions pas pris cet art en considération, parce que nous le pratiquions sans peine et que ce nouveau casseur de noix nous en a le premier fait apparaître la vraie nature, et peut-être n'est-il pas mauvais, pour obtenir cet effet, d'être un peu moins habile à casser des noix que la majorité d'entre nous.

Peut-être en va-t-il de même du chant de Joséphine ; nous admirons en elle ce que nous n'admirons pas du tout en nous ; elle est d'ailleurs, sur ce dernier point, entièrement d'accord avec nous. J'étais présent, un jour que quelqu'un, comme cela se produit naturellement souvent, attirait son attention sur le couinement commun aux gens de notre peuple ; il le faisait avec beaucoup de modestie, mais c'en était déjà trop pour Joséphine. Je n'ai jamais vu un sourire aussi insolent et si plein de suffisance que celui qu'elle arbora alors ; elle qui est extérieurement d'une parfaite délicatesse, d'une délicatesse remarquable même dans notre peuple où les femmes délicates ne manquent pas, parut alors littéralement vulgaire ; dans sa grande sensibilité, elle dut d'ailleurs s'en apercevoir et se ressaisir. Elle nie en tout cas qu'il existe le moindre rapport entre son art et le couinement. Envers ceux qui sont d'une opinion opposée, elle n'éprouve que du mépris et sans doute une haine inavouée. Il ne s'agit pas là d'une vanité ordinaire, car cette opposition, à laquelle j'appartiens moi-même en partie, ne l'admire certainement pas moins que ne fait la masse ; mais Joséphine ne veut pas seulement être admirée, elle veut être admirée exactement comme elle l'a décidé ; elle n'a que faire de la simple admiration. Et quand on est assis devant elle, on la comprend ; c'est seulement de loin qu'on peut pratiquer l'opposition ; quand on est assis devant elle, on sait que ce qu'elle couine ici n'est pas un couinement.

Comme le couinement appartient aux habitudes auxquelles nous nous livrons sans y réfléchir, on pourrait penser qu'on couine aussi dans l'auditoire de Joséphine ; nous nous sentons bien en présence de son art et, quand nous nous sentons bien, nous couinons ; mais son auditoire ne couine pas, il reste silencieux, au point qu'on entendrait une petite souris ; comme si nous participions à cette paix dont nous rêvons et dont au moins notre propre couinement nous tient éloignés, nous gardons le silence. Est-ce son chant qui nous ravit ou n'est-ce pas plutôt le silence solennel dont sa faible petite voix est entourée ? Il arriva un jour qu'une péronnelle se mit en toute innocence à couiner pendant le chant de Joséphine. C'était, ma foi, exactement le même couinement que celui que Joséphine nous faisait entendre : devant nous, un couinement, demeuré timide en dépit du métier de la cantatrice et ici, dans le public, un couinement enfantin, tout spontané ; il eût été impossible de faire la différence ; mais nous n'en sifflâmes pas moins l'importune, nous la couvrîmes de nos couinements, encore que nous eussions pu nous en dispenser, car

elle serait allée se cacher de peur et de honte, tandis
que Joséphine ne se tenait plus et entonnait son
couinement de triomphe en écartant les bras et en
tendant le cou aussi haut qu'elle pouvait y parvenir.

Elle est d'ailleurs toujours ainsi : un rien, un
hasard, le moindre contretemps, un craquement du
parquet, un grincement de dents, un dérangement
dans l'éclairage, tout lui paraît propre à rehausser
l'effet de son chant ; elle a de toute manière l'impression de chanter devant des sourds, l'enthousiasme et
les applaudissements ne lui ont jamais manqué ; mais
il y a longtemps, estime-t-elle, qu'elle a renoncé à
trouver auprès de nous une compréhension telle
qu'elle l'entend. Aussi toutes les perturbations sont-
elles pour elle les bienvenues ; tout ce qui vient du
dehors pour s'opposer à la pureté de son chant et dont
elle triomphe dans de faciles combats et même sans
combat du tout, rien qu'en faisant front, peut contri-
buer à éveiller la foule et à lui enseigner, sinon la
compréhension, du moins quelque pressentiment respectueux.

Mais si les petites choses la servent tant, que dire
des grandes ? Notre vie est très agitée ; chaque jour
apporte tant de surprises, d'inquiétudes, d'espoirs et
d'effrois, que l'individu ne pourrait les supporter, s'il
n'était pas à tout moment, de jour comme de nuit,
épaulé par ses compagnons ; mais, même dans ces
conditions, la vie est souvent fort difficile ; il arrive
que mille épaules ploient sous le fardeau qui n'était
destiné qu'à un seul. C'est alors que Joséphine pense
que son heure est venue. Elle est déjà là, toute frêle,
tout agitée d'inquiétants tremblements, surtout au-

dessous de la poitrine, comme si elle avait ramassé toutes ses forces dans son chant, comme si elle s'était dépouillée de toute vigueur, de toute possibilité de vie, de tout ce qui n'est pas immédiatement au service de son chant et qu'elle reste démunie, abandonnée, livrée à la protection de génies tutélaires, et qu'il suffirait, tandis qu'étrangère à elle-même, elle ne vit plus que dans son chant, d'un souffle d'air froid pour la tuer. Mais c'est devant ce spectacle que nous autres, ses prétendus adversaires, avons coutume de dire : « Elle ne sait même pas couiner ; quels efforts abominables elle est obligée de faire pour arracher de son gosier, je ne dis pas un chant, mais le simple couinement que l'on pratique dans nos provinces. » Voilà ce que nous pensons, mais ce n'est, je l'ai dit, qu'une impression, sans doute inévitable, mais aussi passagère et rapidement dissipée. Bientôt, nous nous replongeons à notre tour dans le sentiment chaleureux de la foule, dans lequel chacun, pressé contre son voisin, prête respectueusement l'oreille, en retenant son souffle.

Et, alors que notre peuple est constamment en mouvement, qu'il court de droite et de gauche pour des motifs qui ne sont pas toujours clairs, il suffit le plus souvent à Joséphine, pour rassembler ces foules, de rejeter sa petite tête en arrière, d'entrouvrir la bouche, de lever les yeux vers le ciel, en prenant la posture qui indique qu'elle a l'intention de chanter. Elle peut faire cela où elle veut, il n'est pas indispensable que ce soit un lieu visible de loin, le moindre recoin caché, choisi dans l'humeur d'un instant, fait tout aussi bien l'affaire. La nouvelle qu'elle va se mettre à chanter se répand aussitôt et bientôt on se rend vers elle par processions entières. Évidemment, il arrive que des obstacles se mettent parfois à la traverse : Joséphine chante avec prédilection dans les périodes troublées, la détresse et des soucis multiples nous obligent à toutes sortes de démarches, et nous ne pouvons, malgré notre bonne volonté, nous réunir aussi rapidement qu'elle le voudrait ; il peut lui arriver de prendre ses grands airs sans avoir devant elle un auditoire suffisant ; naturellement, cela la rend furieuse, elle se met à taper des pieds, elle jure d'une manière peu convenable pour une jeune fille, il lui arrive même de mordre. Mais cette conduite ne nuit pas à sa réputation ; au lieu de l'amener à mettre un frein à ses prétentions abusives, cela nous invite au contraire à nous en rendre dignes ; on dépêche des messagers pour aller chercher des auditeurs ; quand cela a lieu, cela se fait en cachette et on voit alors sur tous les chemins des estafettes qui font signe aux arrivants de se hâter ; et cela dure jusqu'au moment où l'on a réuni un nombre acceptable de spectateurs.

Pour quelle raison notre peuple se donne-t-il tout ce mal pour Joséphine ? C'est une question à laquelle il n'est pas plus facile de répondre qu'à la question qui concerne son chant ; les deux sont liées. On pourrait même supprimer la première et la confondre entièrement avec la deuxième, si on pouvait par exemple affirmer que c'est à cause de son chant que l'on accorde à Joséphine ce dévouement absolu. Mais ce n'est précisément pas le cas ; le dévouement absolu est une chose que notre peuple ne connaît guère ; ce peuple qui aime avant tout sa propre malice — dénuée de méchanceté, qui aime les secrets enfantins qu'on se murmure à l'oreille, les cancans innocents qu'on ne chuchote que du bout des lèvres, est malgré tout incapable d'un dévouement absolu ; Joséphine le sait bien, d'ailleurs, c'est même ce qu'elle combat de toutes les forces de son faible gosier.

Il ne faut pas cependant pousser trop loin ces vérités générales : notre peuple est bien dévoué à Joséphine, en effet, mais non sans limites : il ne serait pas capable, par exemple, de rire à son propos. Il faut bien l'avouer : il y a en Joséphine bien des choses qui prêteraient à rire ; or, chez nous, on est facilement prêt à rire ; malgré toutes les misères de notre vie, un léger rire est chez nous toujours de mise ; mais nous ne rions pas de Joséphine. J'ai parfois l'impression que notre peuple, s'il voulait définir ses relations avec Joséphine, considérerait que cet être fragile et qui a besoin de protection, cet être, dirait-on, marqué par le destin, — marqué, si on l'en croit, par la perfection de son chant — est en quelque sorte remis à sa garde et qu'il doit prendre soin d'elle ; la raison n'en est claire pour personne, mais le fait est là, à ce qu'il semble. Or, on ne rit pas de ce qui est remis à votre garde ; ce serait un manquement au devoir que d'en rire ; la pire méchanceté que les plus méchants d'entre nous infligent à Joséphine consiste à dire : « Rien que de la regarder nous fait passer l'envie de rire. »

C'est ainsi que notre peuple veille sur Joséphine à la manière d'un père qui prend soin d'un enfant qui tend vers lui sa petite main — sans qu'on sache bien si ce geste exprime une prière ou un ordre. On imaginerait que notre peuple n'est pas fait pour exercer ces devoirs paternels, mais en fait il les exécute, au moins dans ce cas, de manière exemplaire ; aucun individu isolé ne pourrait faire ce que fait à cet égard la collectivité du peuple. Il existe évidemment entre le peuple et l'individu une immense différence de pouvoir ; il suffit que le peuple attire son protégé auprès de lui et le fasse profiter de sa chaleur, pour qu'il soit à l'abri. Il est vrai qu'on n'ose guère parler de ces choses-là à Joséphine. « Je me moque bien de votre protection », dit-elle, « chansons que tout cela ! » « Oui, oui, c'est bien ce que tu fais, tu chantes ! », pensons-nous. Et d'ailleurs, quand elle se rebelle ainsi, ce n'est pas un démenti, c'est une attitude tout à fait semblable à celle des enfants, c'est la façon qu'ils ont d'exprimer leur gratitude et un père n'a pas à s'en offusquer.

Mais il intervient cependant un autre élément qu'il est plus difficile d'expliquer par les relations entre notre peuple et Joséphine. Joséphine est, en effet, d'une opinion opposée, elle croit que c'est elle qui protège le peuple. C'est son chant, à l'en croire, qui nous sauve dans les cas de difficultés politiques ou économiques, il a ce pouvoir ; et, s'il ne chasse pas le malheur, il nous donne du moins la force de le supporter. Ce n'est pas ainsi qu'elle l'exprime, ni d'ailleurs autrement ; elle parle peu ; au milieu de ce peuple de bavards, elle reste silencieuse ; mais on le voit briller dans ses yeux, on le lit sur ses lèvres closes — peu de gens, chez nous, savent garder les lèvres closes, elle en revanche, sait le faire. Lorsque arrive une mauvaise nouvelle — et il y a des jours où les mauvaises nouvelles arrivent en foule, mêlées aux

fausses informations et aux demi-vérités —, elle se
redresse tout à coup, alors qu'elle se traîne d'ordinaire
languissamment sur le sol, tend le cou et cherche à
dominer son troupeau du regard, comme le berger
avant l'orage. Certes, les enfants insupportables, qui
n'ont aucun contrôle d'eux-mêmes, ont aussi des
prétentions du même genre ; mais, malgré tout, chez
Joséphine, ces prétentions ne sont pas aussi injusti-
fiées. Bien sûr, elle ne nous sauve pas et ne nous donne
aucune force ; il est facile de se faire passer pour le
sauveur de ce peuple qui, habitué à la souffrance, et
ne s'épargnant jamais, prompt dans ses décisions et
connaissant la mort, ce peuple qui n'est craintif qu'en
apparence dans l'atmosphère de témérité dans
laquelle il ne cesse de vivre, de façon d'ailleurs aussi
féconde qu'audacieuse —; il est facile, dis-je, de se
donner pour le sauveur de ce peuple qui s'est toujours
plus ou moins sauvé lui-même, fût-ce au prix de
sacrifices devant lesquels les historiens — nous négli-
geons en général entièrement les recherches histori-
ques — restent pétrifiés d'épouvante. Et pourtant, il
est vrai que c'est dans les moments de détresse que
nous prêtons encore mieux l'oreille à la voix de
Joséphine. Les menaces qui pèsent au-dessus de nous,
nous rendent plus calmes, plus modestes, plus prêts à
nous plier à son goût pour le commandement ; nous
aimons alors à nous rassembler, à nous presser les uns
contre les autres, surtout quand il n'existe aucun lien
entre l'occasion qui nous réunit et les affaires qui nous
inquiètent ; c'est comme si nous buvions encore
rapidement ensemble — oui, il faut se hâter, Joséphine l'oublie trop souvent — une coupe de paix. Il

s'agit alors moins d'un spectacle de chant que d'une assemblée du peuple et d'une assemblée où, à l'exception d'un petit couinement sur le devant de la foule, tout est plongé dans le silence ; l'heure est bien trop grave pour que nous la perdions en bavardages.

Ces relations ne pouvaient évidemment pas du tout satisfaire Joséphine. Mais, en dépit de sa nervosité et du malaise que provoque en elle sa situation toujours mal définie, il y a malgré tout beaucoup de choses qu'elle ne voit pas, car elle est aveuglée par sa vanité et on peut s'arranger sans grand effort pour lui en dissimuler beaucoup d'autres ; tout un essaim de flatteurs s'y emploie constamment, finalement dans l'intérêt de tous —, mais elle n'accepterait certainement jamais de jouer un rôle subalterne, de rester inaperçue dans le coin d'une assemblée du peuple ; bien que ce rôle fût loin d'être insignifiant, elle ne voudrait jamais prodiguer son chant à si bas prix.

Mais rien ne l'y oblige, car il n'arrive jamais qu'on ne prenne pas garde à son chant. Bien que nous soyons occupés en réalité de choses toutes différentes et que le silence soit loin de régner seulement par amour du chant, bien que plus d'un ne prenne même pas la peine de lever la tête et enfonce son visage dans la fourrure de son voisin et que Joséphine, par conséquent, semble se donner de la peine pour rien, il est incontestable qu'un peu de son couinement parvient jusqu'à nous. Ce couinement, qui s'élève quand le silence s'impose à tous les autres est presque comme un message que le peuple adresse à chacun de ses membres ; le maigre couinement de Joséphine, au milieu de nos graves décisions, ressemble presque à la misérable existence de notre peuple au milieu du tumulte d'un univers hostile. Joséphine parvient à s'affirmer, ce néant de voix, ce néant de talent parvient à s'affirmer et se fraie un chemin jusqu'à nous — et cette idée nous réconforte. Un chanteur véritable, si jamais il devait y en avoir un parmi nous, nous paraîtrait intolérable et nous serions unanimes à refuser l'absurdité d'un tel spectacle. Puisse Joséphine être préservée de savoir que le fait que nous l'écoutions est un argument qui ne plaide pas en faveur de son chant. Elle doit bien en avoir une vague intuition ; sinon pourquoi emploierait-elle tant de passion à nier que nous l'écoutions ? Mais elle recommence à chanter, comme pour étouffer son pressentiment sous ses propres couinements.

Il lui resterait toujours malgré tout une consolation : car, en fait, nous l'écoutons dans une certaine mesure, nous l'écoutons, probablement à peu près comme on écouterait une véritable artiste du chant ; elle obtient des effets qu'un vrai chanteur s'efforcerait sans doute en vain d'obtenir avec nous, des effets qui ne sont dus précisément qu'à l'insuffisance des moyens dont elle dispose. Cela tient probablement surtout à notre mode de vie.

Notre peuple ignore la jeunesse, il connaît tout au plus une très brève enfance ; on revendique, il est vrai, régulièrement une certaine liberté pour les enfants, on veut leur garantir un peu de tranquillité, reconnaître leur droit à jouir d'un peu d'insouciance, à s'ébattre à leur gré, à jouer comme ils l'entendent ; on veut faire reconnaître ces droits et aider à les mettre en pratique ; on entend ces revendications et presque tout le monde les approuve; il n'existe rien qui mérite davantage l'approbation, mais il n'est rien non plus qu'il soit plus difficile de concéder dans la réalité de notre vie; on approuve les revendications, on fait des tentatives dans ce sens, mais bientôt tout continue comme par le passé. Notre vie est ainsi faite, en effet, qu'un enfant, dès qu'il commence à courir et à discerner un peu les objets qui l'entourent, doit pourvoir à ses besoins, tout comme un adulte; les domaines sur lesquels, pour des raisons d'économie, nous vivons dispersés, sont trop vastes, nos ennemis trop nombreux, les traquenards qu'on nous tend partout trop imprévisibles —; nous ne pouvons tenir nos enfants à l'écart de la lutte pour la vie; le faire serait les vouer à une fin prématurée. À ces tristes raisons s'ajoute, il est vrai, un motif plus exaltant, à savoir la fécondité de notre race. Une génération pousse l'autre et chacune est nombreuse; les enfants n'ont pas le temps d'être enfants. D'autres peuples peuvent accorder le plus grand soin à l'éducation de leurs enfants, ils peuvent construire des écoles pour leurs petits; leurs enfants, espoir de la nation, sortent tous les jours en masse de ces écoles; mais ce sont toujours les mêmes enfants que l'on en voit sortir. Nous autres, nous n'avons pas d'écoles, mais notre peuple fait naître en de courts laps de temps les foules innombrables de nos enfants, pépiant et piaillant joyeusement tant qu'ils ne savent pas encore couiner, se roulant sur le sol ou se laissant pousser sous la pression des autres tant qu'ils ne savent pas encore courir, entraînant tout maladroitement sous leur masse tant qu'ils ne savent pas encore voir clair, voilà les enfants que nous avons. Et non pas, comme dans les écoles des autres peuples, toujours les mêmes enfants, non, il en vient toujours de nouveaux, sans interruption et sans fin ; à peine un enfant apparaît-il, qu'il n'est déjà plus un enfant, mais déjà se pressent derrière lui de nouveaux visages d'enfants, impossibles à distinguer, dans la foule et dans la précipitation, roses de bonheur. Évidemment, tout cela est bien beau et les autres n'ont pas tort de nous envier ; mais il nous est impossible de donner à nos enfants une véritable enfance. Et ce n'est pas sans conséquence. Il y a un certain esprit d'enfance, qui ne meurt jamais en nous, qui reste indéracinable dans notre peuple ; en contradiction avec ce que nous possédons de meilleur, notre infaillible sens pratique, nous agissons quelquefois de façon très inconsidérée, tout à fait à la manière des enfants, sans raison, avec prodigalité, avec générosité, avec légèreté et tout cela souvent par goût de la plaisanterie. Si la joie que nous en éprouvons ne peut naturellement plus avoir la même force que la joie des enfants, il en demeure cependant à coup sûr quelque chose. C'est de cet enfantillage de notre peuple que Joséphine tire avantage depuis toujours.

Mais notre peuple n'est pas seulement enfantin, il est aussi, dans un autre sens, prématurément vieux ; l'enfance et la vieillesse sont différentes chez nous de ce qu'elles sont ailleurs. Nous n'avons pas de jeunesse, nous sommes tout de suite adultes, si bien que nous sommes adultes trop longtemps ; aussi une certaine lassitude, un certain découragement ont-ils laissé à cause de cela de larges traces dans la nature pourtant opiniâtre et confiante de notre peuple. C'est de cela

aussi que procède probablement notre absence de
sens musical ; nous sommes trop vieux pour la
musique ; ses émotions et ses élans ne conviennent pas
à la pesanteur de notre tempérament ; nous l'écartons
d'un geste las ; nous nous sommes rabattus sur le
couinement ; un petit couinement par-ci, par-là, voilà
ce qui nous convient. Qui sait s'il n'y a pas des talents
musicaux parmi nous ; mais, s'il y en avait, le
caractère de nos compatriotes les étoufferait avant
même qu'ils aient pu s'épanouir. Joséphine, en
revanche, peut à sa guise couiner ou chanter — peu
importe le mot qu'elle emploie, cela ne nous gêne pas,
cela correspond à nos besoins, c'est une chose que
nous tolérons sans difficulté ; s'il devait y subsister
quelque reste de musique, elle serait réduite à sa plus
simple expression ; une certaine tradition musicale se
trouve sauvegardée, mais sans que cela nous gêne le
moins du monde.

Mais Joséphine apporte encore bien davantage à un
peuple qui se trouve dans cet état d'esprit. Dans ses
concerts, surtout quand l'heure est grave, il n'y a plus
que les tout jeunes pour s'intéresser encore à la
cantatrice, pour contempler avec étonnement la façon
qu'elle a de froncer les lèvres, de faire passer l'air à
travers ses mignonnes petites dents de devant, de se
pâmer en admirant les sons qu'elle émet et de se servir
de son évanouissement pour y puiser le courage de
nouvelles performances, à ses yeux encore plus fabu-
leuses, mais la foule proprement dite, comme on s'en
rend compte aisément, s'est déjà repliée sur elle-
même. C'est ici, dans les précaires intervalles entre les
combats, que notre peuple rêve ; on dirait que chacun

sent ici ses membres se détendre et qu'après tant de
tribulations, son âme inquiète peut enfin à loisir
s'allonger et prendre ses aises dans la chaude couche
de son peuple. Et dans ce rêve tinte çà et là le
couinement de Joséphine; elle le dit perlé, nous le
trouvons saccadé; mais, quoi qu'il en soit, il est ici à
sa place, mieux que nulle part ailleurs; jamais on
n'eût pu trouver un moment plus favorable pour
accueillir de la musique. Il y a là un peu de notre
brève et misérable enfance, un peu de l'irrécupérable
bonheur que nous avons perdu, mais il y a aussi
quelque chose de notre vie active d'aujourd'hui, un
peu de notre incompréhensible enjouement qui, en
dépit de tout, se maintient et que rien ne saurait
détruire. Et pour cela, il n'est pas besoin de beaucoup
de bruit; tout est dit légèrement, dans un murmure,
comme une confidence, d'une voix par moments
enrouée. Il s'agit d'un couinement. Comment pourrait-il en être autrement? Le couinement est l'idiome
de notre peuple; simplement, beaucoup d'entre nous
couinent leur vie entière sans le savoir, mais ici le
couinement est libéré des chaînes de la vie quoti-
dienne et nous libère, nous aussi, pour un bref instant.
Nous ne voudrions certes pas être privés de ces
spectacles.

Mais, de là à prétendre, comme Joséphine, qu'elle
nous apporte dans ces moments-là des forces nouvelles, etc., il y a loin. Pour le public ordinaire, s'entend,
non pour les flatteurs de Joséphine. « Comment
pourrait-il en aller autrement ? » disent-ils avec une
candide audace, « comment expliquer autrement ce
grand concours d'auditeurs, surtout en cas de danger

pressant, qui a même plus d'une fois empêché de
prendre en temps voulu les mesures de défense pour
écarter ce danger ? » Oui, ce dernier point est malheureusement exact, mais on ne va pourtant pas le
compter parmi les titres de gloire de Joséphine,
surtout si l'on ajoute que, lorsque des réunions ont été
ainsi inopinément interrompues par l'ennemi et que
plus d'un des nôtres a dû y laisser la vie, Joséphine,
qui était responsable de tout, qui avait peut-être
même attiré l'ennemi par son couinement, était
toujours en possession de la place la plus sûre et que,
sous la protection de ses fidèles, elle était toujours la
première à disparaître sans bruit séance tenante.
Mais, au fond, tout le monde sait cela aussi et cela
n'empêchera pas les gens de revenir en toute hâte, dès
que Joséphine décidera à la première occasion, selon
son caprice, n'importe où, n'importe quand, de se
lever pour chanter. On pourrait en conclure que
Joséphine est presque au-dessus des lois, qu'elle peut
faire ce qu'elle veut, même au risque de mettre la
communauté en danger, et qu'on lui pardonne tout.
S'il en était ainsi, les prétentions de Joséphine seraient
parfaitement compréhensibles, on pourrait même
voir, en quelque sorte, dans cette liberté que le peuple
lui concède, dans ce présent extraordinaire qui semble
même bafouer la loi et qu'on n'a jamais accordé à
personne d'autre, l'aveu que le peuple, en effet,
comme Joséphine le prétend, ne la comprend pas,
qu'il reste interdit et impuissant devant son art, qu'il
ne se sent pas digne d'elle et qu'il cherche presque
désespérément à compenser par des faveurs tout le
mal qu'il lui fait et que, de même que son art échappe

à la compréhension du public, de même sa personne et tout ce qu'elle désire échappent à son autorité. Or, cela est totalement faux ; et, s'il peut se faire que tel ou tel capitule trop vite devant Joséphine, notre peuple, qui n'a jamais capitulé sans condition devant personne, ne capitule pas non plus devant elle.

Depuis déjà longtemps, peut-être même dès le début de sa carrière artistique, Joséphine lutte pour être exemptée de tout travail en considération de son chant ; il faudrait la dispenser du souci du pain quotidien et de tout ce qui a quelque rapport avec la lutte que nous menons pour notre existence, et, probablement, de faire supporter ces charges par le peuple entier. Un esprit prompt à l'enthousiasme — il s'en est trouvé — pourrait déjà conclure de l'étrangeté de cette exigence et de l'état d'esprit qu'il a fallu pour concevoir une pareille exigence, à la justification de cette dernière. Mais notre peuple raisonne autrement et refuse tranquillement ces prétentions. Il ne se donne même pas beaucoup de mal pour réfuter l'argumentation de la requête. Joséphine explique par exemple que l'effort qu'exige le travail est nuisible pour sa voix, que cet effort est assurément minime en comparaison de celui qu'elle fournit pour chanter, mais qu'il lui retire malgré tout la possibilité de se reposer suffisamment après le chant et de reprendre des forces pour un nouveau tour de chant, qu'à ce compte elle va s'épuiser complètement, sans pouvoir malgré tout donner toute sa mesure. Le peuple l'écoute et ne tient aucun compte de ce qu'elle dit. Ce peuple si facile à émouvoir peut aussi parfois rester tout à fait insensible. Il refuse quelquefois avec une

telle dureté que Joséphine elle-même en reste inter-
dite, elle fait mine de céder, travaille comme il faut,
chante du mieux qu'elle peut ; mais tout cela ne dure
pas et elle reprend la lutte avec des forces nouvelles,
dont elle semble avoir pour ce combat une réserve
intarissable.

Or, il est clair que Joséphine ne cherche pas
vraiment à obtenir ce qu'elle réclame si expressément.
Elle est raisonnable, elle n'a pas peur du travail —
personne chez nous n'a d'ailleurs peur du travail —
même si l'on faisait droit à ses prétentions, elle
continuerait certainement à vivre comme par le passé,
le travail ne constituerait pas un obstacle pour son
chant, sans que son chant toutefois en devienne plus
beau pour autant —, ce qu'elle recherche, c'est donc
seulement une reconnaissance publique et sans équi-
voque de son art, une reconnaissance qui ignorerait
l'usure du temps et qui dépasserait tout ce qu'on a
connu jusqu'à ce jour. Mais, alors que presque tout le
reste lui semble facile à obtenir, cette reconnaissance
lui est obstinément refusée. Peut-être aurait-elle dû
dès le début engager le combat dans une autre
direction, peut-être comprend-elle maintenant l'erreur qu'elle a commise, mais elle ne peut plus
reculer : reculer serait se renier elle-même ; il lui faut
aujourd'hui obtenir ce qu'elle veut ou périr.

Si elle avait vraiment des ennemis, comme elle le
dit, ceux-ci pourraient, sans avoir à bouger le petit
doigt, s'amuser à regarder le combat qu'elle mène.
Mais elle n'a pas d'ennemis et, même s'il peut arriver
que tel ou tel ait un reproche à lui faire, ce combat
n'amuse personne. Ne serait-ce que parce que le

peuple se montre ici dans une froide attitude de juge, qu'on ne voit que très rarement chez nous. Et si quelqu'un estimait que cette attitude est ici justifiée, la simple idée que le peuple pourrait un jour se conduire envers lui de manière analogue, suffirait à lui retirer son plaisir. Dans ce refus, comme dans les prétentions de Joséphine, ce n'est pas, à vrai dire, le fond de l'affaire qui compte : c'est le fait que le peuple puisse se fermer de manière aussi absolue envers l'un de ses membres, et de manière d'autant plus absolue qu'il continue, pour le reste, à prendre paternellement soin de lui, avec même plus d'humilité que ne ferait un père.

S'il s'agissait d'un individu et non du peuple, on pourrait croire que cet individu n'avait tout ce temps-là cédé à Joséphine que parce qu'il avait eu toujours ardemment envie de mettre un terme un beau jour à l'esprit de conciliation, qu'il ne lui avait cédé d'abord au-delà de toute raison qu'avec la ferme conviction qu'il faudrait bien une fois que le désir d'accommodement parvienne à sa juste limite, que, s'il lui avait cédé plus qu'il n'était nécessaire, c'était seulement pour accélérer les choses, pour donner à Joséphine de mauvaises habitudes et la pousser à formuler toujours de nouveaux désirs, jusqu'au moment où elle avait en effet émis cette dernière exigence ; c'est évidemment à ce moment-là que, préparé comme il l'était, il lui avait en peu de mots signifié un refus définitif. Mais ce n'est certainement pas comme cela que les choses se sont passées ; le peuple n'a pas besoin d'avoir recours à de pareilles ruses ; de plus, sa vénération envers Joséphine est sincère et éprouvée et la revendication

qu'elle présentait, si énorme que même un enfant
innocent aurait pu lui en prédire l'issue ; mais il est
possible, malgré tout, que dans la conception que
Joséphine se fait de cette affaire, ces suppositions
aient pu aussi jouer un rôle et qu'elles ajoutent encore
de l'amertume à la souffrance qu'elle éprouve à cause
du refus.

Mais, même si elle se livre à des suppositions de ce
genre, ce ne sont pas elles qui la détourneraient du
combat. Ce combat s'est même aggravé ces derniers
temps ; si elle ne l'a mené jusqu'ici qu'en paroles, elle
commence maintenant à employer d'autres moyens, à
son avis plus efficaces, à notre avis plus dangereux
pour elle.

Beaucoup de gens croient que, si Joséphine devient
aussi pressante, c'est parce qu'elle se sent vieillir, que
sa voix donne des signes de faiblesse et qu'il est donc
grand temps pour elle, si elle veut obtenir la reconnaissance qu'elle désire, de livrer son dernier combat.
Je n'y crois pas. Joséphine ne serait plus elle-même s'il
en était ainsi. Il n'existe pour elle ni vieillissement ni
voix qui faiblisse. Si elle exige quelque chose, elle n'y
est pas poussée par des raisons d'ordre extérieur, mais
par une logique intérieure. Si elle veut conquérir la
suprême couronne, ce n'est pas parce que celle-ci se
trouve un moment plus aisément à sa portée, mais
uniquement parce qu'elle est la plus haute ; si cela ne
dépendait que d'elle, elle irait la chercher encore plus
haut.

Ce mépris des difficultés extérieures ne l'empêche
pas, à vrai dire, d'user des moyens les plus indignes.
Son bon droit est pour elle hors de doute : qu'importe

donc la façon dont elle l'obtiendra ? D'autant que dans le monde tel qu'elle se l'imagine, les moyens corrects sont précisément destinés à échouer. C'est peut-être même la raison pour laquelle elle a transporté son combat sur un autre terrain que celui du chant, sur un terrain qui lui tient moins à cœur. Ses partisans ont répandu des bruits selon lesquels elle se sent parfaitement capable de chanter de telle manière que le peuple entier, dans toutes ses classes et jusque dans l'opposition la plus clandestine éprouve un vrai plaisir, non point dans le sens où l'entend le peuple, qui prétend depuis toujours éprouver du plaisir à la musique de Joséphine, mais dans le sens qu'elle-même désire. Cependant, ajoute-t-elle, comme il ne lui est pas possible de falsifier le grand art pour flatter le vulgaire, les choses resteraient nécessairement en l'état. Mais il en va autrement dans le combat qu'elle mène pour se faire dispenser du travail ; il s'agit évidemment là aussi d'un combat, dont son chant est l'enjeu, mais là, elle ne fait pas usage directement de l'arme précieuse de la musique ; tous les moyens sont donc assez bons.

C'est ainsi qu'on avait répandu une rumeur, selon laquelle Joséphine avait l'intention, si on ne lui cédait pas, d'abréger les vocalises. J'ignore tout des vocalises, je n'ai jamais remarqué dans son chant la moindre vocalise. Mais Joséphine veut abréger les vocalises ; provisoirement, elle ne les supprime pas, elle se contente de les abréger. Elle a, paraît-il, mis sa menace à exécution ; en ce qui me concerne, je n'ai vu aucune différence avec ses prestations antérieures. Le peuple, dans son ensemble, a écouté comme toujours, sans exprimer d'opinion sur les vocalises et rien n'a changé dans la façon d'accueillir les exigences de Joséphine. Il y a d'ailleurs quelquefois, dans la personne et indéniablement aussi dans la pensée de Joséphine, quelque chose de vraiment gracieux. C'est ainsi qu'après ce spectacle, elle a déclaré, comme si sa décision au sujet des vocalises avait été trop dure envers le peuple ou trop soudaine, qu'elle allait bientôt se remettre à chanter entièrement les vocalises. Mais après le premier concert, elle changea d'avis à nouveau ; c'en était fait définitivement des grandes vocalises, elle ne les reprendrait pas avant d'avoir reçu gain de cause. Le peuple ne tient pas le moindre compte de ces déclarations, de ces résolutions et de tous ces changements, pas plus qu'un adulte ne tient compte dans ses pensées des bavardages d'un enfant ; on l'écoute avec bienveillance, mais on reste sourd à ses arguments.

Mais Joséphine n'abandonne pas. C'est ainsi, par exemple, qu'elle a prétendu récemment s'être blessé le pied au cours de son travail, ce qui lui rend la station debout pénible quand elle chante ; mais, comme elle ne peut chanter que debout, elle serait obligée d'écourter son chant lui-même. Bien qu'elle boite et se fasse soutenir par ses partisans, personne ne croit à une véritable blessure. Même compte tenu de la vulnérabilité particulière de son petit corps, nous sommes un peuple de travailleurs et Joséphine, elle aussi, fait partie de notre peuple. S'il fallait nous mettre à boiter à la moindre écorchure, le peuple entier n'arrêterait pas de boiter. Mais elle a beau se faire traîner comme une estropiée, elle a beau se faire voir plus souvent qu'à l'ordinaire dans ce déplorable état, le peuple écoute ses chants avec gratitude et avec ravissement, mais ne s'inquiète guère du fait qu'ils soient devenus plus courts.

Comme elle ne peut pas boiter tout le temps, elle imagine quelque chose d'autre, elle prétexte la fatigue, le mauvais moral, la faiblesse. Nous avons maintenant un spectacle en même temps qu'un concert. Nous voyons derrière Joséphine le clan de ses partisans qui la prie de chanter, la conjure de chanter. Elle voudrait bien, mais elle ne peut pas. On la console, on la flatte, on la porte presque à la place choisie d'avance où elle doit chanter. Finalement, elle cède en versant des pleurs, dont on ne peut interpréter le sens; mais, au moment où, au prix d'un effort visiblement immense, elle veut se mettre à chanter, suprêmement lasse, sans écarter les bras comme à l'ordinaire, mais en les laissant pendre sans vie le long de son corps — ce qui donne l'impression qu'ils sont peut-être un peu trop courts —, au moment où elle veut entonner sa chanson, elle n'y parvient pas, elle le fait comprendre d'un geste impatient de la tête, puis s'affaisse sous nos yeux. Après quoi, il est vrai, elle se relève et se remet à chanter, d'une manière, à ce qu'il me semble, peu différente de sa manière ordinaire : peut-être, si l'on a l'oreille qu'il faut pour percevoir de subtiles nuances, y remarque-t-on une petite nervosité inaccoutumée qui ne fait qu'améliorer la qualité de son chant. Et, à la fin, elle est même moins fatiguée qu'avant et c'est d'un pas ferme, s'il est possible de dénommer ainsi son trottinement furtif, et en refusant l'aide de ses partisans, qu'elle s'éloigne, en toisant d'un regard glacé la foule qui s'écarte devant elle avec respect.

C'est ce qui s'est passé récemment, mais la dernière nouveauté, c'est qu'elle disparut, un jour où l'on attendait qu'elle se mette à chanter. Ses partisans ne sont pas les seuls à la chercher, beaucoup de gens se mettent en quête, mais en vain. Joséphine a disparu, elle ne veut pas chanter, elle ne veut même pas qu'on la supplie de chanter, elle nous a, cette fois, tout à fait abandonnés.

Il est curieux qu'elle calcule si mal, la rusée, si mal qu'on croirait qu'elle ne calcule pas du tout et qu'elle est seulement entraînée par sa destinée qui, dans notre univers, ne peut être que fort triste. C'est elle-même qui se refuse au chant, elle-même qui détruit le pouvoir qu'elle s'était acquis sur les esprits. Comment a-t-elle pu acquérir ce pouvoir, alors qu'elle les connaît si mal ? Elle se cache et ne chante pas ; mais le peuple, tranquillement, sans déception visible, maître de lui et se suffisant à lui-même, le peuple qui, en dépit des apparences peut bien dispenser des présents, mais n'en peut recevoir aucun, même de Joséphine, ce peuple continue sa route.

Mais Joséphine ne pourra que décliner. Le temps viendra bientôt, où elle émettra son dernier couinement, puis se taira. Elle n'est qu'un petit épisode dans l'histoire éternelle de notre peuple et le peuple saura se consoler de sa perte. Nous n'aurons pas la tâche facile ; comment nos assemblées seront-elles possibles dans un silence total ? À vrai dire, n'était-ce pas déjà le silence du temps de Joséphine ? Son couinement réel était-il notablement plus fort et plus vivant que le souvenir qu'il va laisser ? Était-il même, lorsqu'elle vivait encore, plus qu'un simple souvenir ? Ne dirait-on pas plutôt que le peuple, dans sa sagesse, n'a placé si haut le chant de Joséphine que parce qu'il ne risquait pas de perdre quoi que ce soit le jour où il la perdrait ?

Peut-être ne nous sentirons-nous donc pas si frustrés, mais Joséphine, libérée de ce martyre d'ici-bas, qu'elle disait réservé aux élus, ira joyeusement se perdre dans la foule innombrable des héros de notre peuple, et bientôt, comme nous ne pratiquons pas la science de l'histoire, elle connaîtra une deuxième délivrance, en disparaissant dans le même oubli que tous ses frères.

DOSSIER

NOTICE BIOGRAPHIQUE

1883. *3 juillet.* Naissance de Franz Kafka, à Prague. Son père, Hermann Kafka, qui possède un magasin de nouveautés très prospère, exerce sur la famille une tyrannie dont son fils aura fort à souffrir. Cinq autres enfants naîtront par la suite, mais seules trois sœurs survivront.

1893-1901. Études secondaires au lycée allemand de la Vieille Ville. On sait que Kafka commence à écrire dès ses années de lycée, mais il détruira tous ces manuscrits de jeunesse.

1901-1906. Études à l'Université de Prague. Après quelques hésitations, Kafka se décide pour des études de droit.

1904. Fin probable de la rédaction de la première version de *Description d'un combat.*

1906-1907. Rédaction du récit fragmentaire *Préparatifs de noce à la campagne* et de quelques-uns des textes brefs qui constitueront le recueil *Regard (Betrachtung).*

1907-1908. Kafka aux *Assicurazioni generali,* à Prague.

1908. Première publication dans une revue : huit courtes pièces qui figureront plus tard dans le recueil *Regard.*
30 juillet : entrée à l'*Institut d'assurances contre les accidents du travail,* à Prague.

1909. Kafka commence à tenir assez régulièrement son Journal.

1911. Voyage avec Max Brod en Suisse, en Italie, puis à Paris.

1912. Rédaction d'une première version du roman qui deviendra *L'Oublié (L'Amérique).*
Septembre. Rencontre avec Felice Bauer, chez les parents de

Max Brod. Kafka conçoit immédiatement le projet de l'épouser. Début d'une intense correspondance avec elle.
Nuit du 22 au 23 septembre. Rédaction du *Verdict.*
Novembre-décembre. Rédaction de *La Métamorphose.*

1913. *Juin.* Kafka, pour la première fois, demande à Felice Bauer de lui accorder sa main.

1914. Les difficultés s'accumulent dans les relations avec Felice Bauer. Grete Bloch, une amie de Felice, intervient comme intermédiaire.
1er juin. Fiançailles avec Felice Bauer, célébrées à Berlin.
12 juillet. Le « tribunal de l'Askanischer Hof » : rupture des fiançailles.
Automne. Rédaction du *Procès* et de *La Colonie pénitentiaire.*

1915. La correspondance avec Felice Bauer reprend, mais selon un rythme plus paisible. Différentes rencontres, la plupart décevantes, ont lieu entre Kafka et elle.

1917. Kafka rédige la plupart des récits qui constituent le recueil *Un médecin de campagne.*
Juillet. Secondes fiançailles avec Felice Bauer.
Nuit du 9 au 10 août. Hémoptysie.
Automne. Kafka part en convalescence à Zürau (au nord-ouest de la Bohême), chez sa sœur Ottla.
Décembre : rupture définitive avec Felice Bauer.

1918-1919. Période peu féconde littérairement. Nombreuses réflexions métaphysiques et religieuses dans les journaux intimes.

1919. *Novembre. Lettre à son père.*

1919-1920. Relations amoureuses avec Julie Wohryzek.

1920. Les séjours en sanatorium se multiplient ; Kafka ne peut que rarement accomplir son travail professionnel.
À partir d'avril. Correspondance avec Milena Jesenská, la traductrice de Kafka en tchèque.

1922. Rédaction du *Château* et de quelques-uns des derniers récits, comme *Un artiste de la faim.*

1923. Rencontre avec Dora Dymant, qui sera la compagne de Kafka pendant ses derniers mois.
Rédaction du *Terrier.*

1924. Rédaction de *Joséphine la cantatrice*.
   3 juin. Mort de Kafka au sanatorium de Kierling, près de Vienne.
   11 juin. Enterrement de Kafka à Prague.

BIBLIOGRAPHIE

La bibliographie consacrée à Kafka est immense et on a vite fait de s'y perdre. On ne mentionnera donc ici que les titres de quelques ouvrages généraux, qui restent aujourd'hui utiles.

Les trois ouvrages les plus considérables consacrés à Kafka sont (par ordre alphabétique) :

Wilhelm EMRICH : *Franz Kafka*, Bonn, 1958.

Heinz POLITZER : *Franz Kafka der Künstler*, Francfort-sur-le-Main, 1965 (une première édition de ce livre avait paru en Amérique sous le titre *Franz Kafka. Parable and Paradox*, Cornell University Press, 1962).

Walter H. SOKEL : *Franz Kafka. Tragik und Ironie*, Munich-Vienne, 1964.

Parmi les ouvrages plus anciens, certains seront consultés encore avec profit. D'abord, bien entendu :

Max BROD : *Franz Kafka. Eine Biographie*, Prague, 1937 (une 2ᵉ édition à New York, en 1947). — Traduction française : *Franz Kafka. Souvenirs et documents*, Paris, 1945, plusieurs fois réédité.

ainsi que :

Max BROD : *Verzweiflung und Erlösung im Werk F. Kafkas*, Francfort-sur-le-Main, 1959.

et, du même auteur :

Franz Kafkas Glauben und Lehre (Winterthur, 1948), qui contient en appendice l'étude de Felix WELTSCH : *Religiöser Humor bei Franz Kafka.*

Un ouvrage collectif qui aborde de nombreux problèmes de biographie et d'interprétation sera utile. Il s'agit de : *Kafka-Handbuch*, hg. v. H. Binder, 2 vol., Stuttgart, 1979.

Sur la jeunesse de Kafka, un livre indispensable :
Klaus WAGENBACH : *Franz Kafka, eine Biographie seiner Jugend, 1883-1912*, Berne, 1958.
Du même auteur, en collaboration avec J. BORN, L. DIETZ, M. PASLEY et P. RAABE : *Kafka-Symposion*, Berlin, 1965.

Une biographie complète de Kafka, due à l'éditeur du présent volume, a paru récemment :
Claude DAVID : *Franz Kafka*, Paris, 1989.
Une autre biographie, plus romancée, est celle de :
Pietro CITATI : *Kafka* (traduction française, Paris, 1989).

On lira aussi avec profit les réflexions de :
Martin WALSER : *Beschreibung einer Form*, Munich, 1961.

On s'aidera à l'occasion de :
Hartmut BINDER : *Kommentar zu sämtlichen Erzählungen*, Munich, 1975.

On s'orientera un peu à travers la bibliographie, grâce à :
Peter U. BEICKEN : *Franz Kafka. Eine kristische Einführung in die Forschung*, Francfort, 1975.

Parmi les interprétations anciennes, beaucoup ont perdu de leur valeur. On retiendra cependant encore :
Theodor ADORNO : *Aufzeichnungen zu Kafka*, in *Prismen. Kulturkritik und Gesellschaft*, Berlin, Francfort-sur-le-Main, 1955.
Günther ANDERS : *Franz Kafka. Pro und Contra*, Munich, 1951.
Walter BENJAMIN : *Franz Kafka. Zur 10. Wiederkehr seines Todestages*, in *Schriften*, vol. II, Francfort-sur-le-Main, 1955.
Herbert TAUBER : *Franz Kafka. Eine Deutung seiner Werke*, Zurich, New York, 1941.

On a publié une bonne anthologie de textes critiques sur Kafka sous le titre *Franz Kafka,* éditée par H. Politzer, Darmstadt, 1973.

Une série de jugements de Kafka sur lui-même et sur son œuvre dans la série *Dichter über ihre Dichtungen : Franz Kafka,* édité par E. Heller et J. Borg, Munich, 1969.

Parmi les ouvrages en langue française, on citera d'abord :
Marthe ROBERT : *Kafka* (Paris, 1960) dans la collection « La Bibliothèque idéale », qui constitue une très bonne introduction à la vie et à l'œuvre.

et, du même auteur :
Seul comme Frank Kafka, Paris, 1979.

Les nombreuses publications plus anciennes en langue française sont aujourd'hui un peu périmées. On fera toutefois une exception pour :
Claude-Edmonde MAGNY : *Kafka ou l'écriture de l'absurde* et *Procès en canonisation,* dans *Les Sandales d'Empédocle,* Neuchâtel, 1945.

ainsi que pour la bonne étude de :
Maja GOTH : *Franz Kafka et les lettres françaises* (1928-1955), Paris, 1957.

et pour les divers articles de :
Maurice BLANCHOT sur Kafka maintenant réunis dans le volume *De Kafka à Kafka,* Paris, 1981.
Les ouvrages de M. CARROUGES (*Kafka contre Kafka,* Paris, 1962) et de R. ROCHEFORT (*Kafka ou l'Irréductible Espoir,* Paris, 1947) pourront toujours être lus avec profit.

Une bonne anthologie de la littérature critique sur Kafka a été procurée par Claudine RABOIN, dans la collection « Les Critiques de notre temps » (Paris, 1973).

Cette liste est délibérément sommaire ; elle ne cherche pas à épuiser une littérature innombrable.

NOTES

Les Aéroplanes à Brescia

1. L'article de Kafka fut publié dans la *Bohemia* du 29 septembre 1909. L'article parallèle de Max Brod, « La Semaine aérienne de Brescia » *(Flugwoche in Brescia)* parut dans la revue *März*. Il a été reproduit dans l'ouvrage Max Brod/Franz Kafka : *Eine Freundschaft. Briefwechsel* (Une amitié. Correspondance), publié par Malcolm Pasley, Frankfurt/Main, S. Fischer, 1987).

2. C'est le 25 juillet 1909 que Louis Blériot avait traversé la Manche.

Le Premier Grand Voyage en chemin de fer (Prague-Zurich)

1. Les notes de voyage de Max Brod qui ont servi à l'élaboration de ce chapitre rédigé en commun avec Kafka ont été publiées sous le titre « Voyage Lugano-Milan-Paris » dans l'ouvrage Max Brod/Franz Kafka : *Eine Freundschaft* (Frankfurt/Main, 1987), mentionné plus haut. Les notes de Kafka figurent dans son Journal, du 26 août au 11 septembre 1911 (la partie de ce voyage consacrée au trajet Prague-Zurich va du 26 au 28 août).

2. On comprend aisément que Richard figure ici Kafka et Samuel Max.

3. Misdroy est une station balnéaire sur la Baltique.

4. La jeune fille dont nous devons ensuite découvrir qu'elle se nomme Dora Lippert. Ce personnage figure dans le journal de Kafka sous ses initiales véritables : Alice R.

5. Selma Kurz, cantatrice viennoise.

6. On faisait alors collection de papier d'étain, pour venir en aide aux enfants indigents de Chine.

7. On connaît la méfiance de Kafka envers la médecine.

8. Il s'agit d'une ballade du poète souabe Gustav Schwab (1792-1850).

9. Ce roman de Robert Walser avait paru en 1907.

10. C'est dans son grand roman autobiographique *Henri le Vert* que l'écrivain zurichois Gottfried Keller a raconté son enfance orpheline, confiée aux soins de sa mère.

À la colonie pénitentiaire

1. Écrit entre le 4 et le 18 octobre 1914, mais publié seulement en édition de luxe tirée à 1 000 exemplaires, en 1919.

2. Certains commentateurs ont cru reconnaître ici une allusion à la sixième heure de la crucifixion de Jésus, où les ténèbres se sont répandues sur la terre. Mais cette allusion est très peu probable

Le Nouvel Avocat

1. Écrit vraisemblablement en janvier 1917, ce petit récit devait paraître la même année dans le premier numéro de la revue *Marsyas*.

2. Allusion à la légende selon laquelle Alexandre le Grand aurait assassiné son compagnon Cleitos d'un coup de lance au cours d'un banquet.

3. Alexandre ne s'est jamais révolté contre son père Philippe de Macédoine. Kafka ne se soucie pas de rigueur historique.

Un médecin de campagne

1. Ce grand récit fut certainement composé avant la fin de 1916, peut-être même déjà dès le milieu de cette année. Il fut édité pour la première fois à Leipzig dans l'almanach *Die neue Dichtung* (qui porte la date de 1918).

2. On pense que Kafka a pu s'inspirer pour la figure du médecin de campagne de son oncle Siegfried Löwy, médecin à Triesch et célibataire. Mais on s'égarerait évidemment si on cherchait ici un portrait.

3. Après l'hémoptysie qui signale la tuberculose, Kafka écrit à Max Brod, le 5 septembre 1917 : « Je ne me plains pas, aujourd'hui moins que jamais. D'ailleurs, je l'ai moi-même prédit. Te rappelles-tu la blessure sanglante dans le « Médecin de campagne » » ?

Le Spectateur de la Galerie

1. Selon toute probabilité, composé avant la fin de 1916. On a souvent signalé comme « sources » possibles de ce récit deux textes de Robert Walser, « Ovation » et « Gebirgshallen ».

Un vieux parchemin

1. Ce texte, qui appartient manifestement au cycle de la « Muraille de Chine », date selon toute apparence de mars 1917. Il est publié pour la première fois en juillet-août 1917, dans la revue

Marsyas. Il est repris en 1921 dans le numéro spécial pour le Nouvel An hébraïque de la revue sioniste *Selbstwehr.*

2. On a voulu parfois, sans beaucoup de raison, trouver ici une allusion à l'invasion de Gog.

Devant la Loi

1. Ce texte, que Kafka emprunte au manuscrit du *Procès*, date de 1914; il fut écrit, selon toute apparence, dans la première quinzaine de décembre. Le roman comporte également une exégèse de cette histoire, que Kafka ne reproduit pas ici. Le 23 ou le 24 janvier 1915, il donne lecture à Felice Bauer de cette parabole du Gardien. Fin 1915, au moment où il abandonne définitivement son roman, il publie « Devant la Loi » dans l'almanach *Vom jüngsten Tag*, à Leipzig.

Chacals et Arabes

1. Composé apparemment dans les premiers jours de janvier 1917. Martin Buber choisit ce texte, en même temps que « Communication pour une Académie » pour les premiers numéros de la revue *Der Jude*, qu'il vient de fonder. Buber avait le projet de publier ces deux textes sous le titre commun de *Gleichnisse* (Allégories). Kafka lui écrit, le 12 mai 1917 : « Je vous demande de ne pas nommer ces deux récits " Allégories "; ce ne sont pas à proprement parler des allégories; si vous voulez un titre pour les deux, peut-être " Deux histoires d'animaux ". » « Chacals et Arabes » est publié dans *Der Jude* en octobre 1907.

Une visite à la mine

1. Probablement composé entre la mi-avril et la fin juin 1917.

Le Plus Proche Village

1. Sous les titres, ensuite abandonnés. « Un cavalier » et « Le temps est court », le récit est mentionné en février 1917 et en avril de la même année, ce qui situe à peu près la date de la rédaction.

Un message impérial

1. Ce récit, extrait du long récit « Lors de la construction de la muraille de Chine », fut écrit en mars 1917. Kafka l'avait déjà détaché de cet ensemble en septembre 1919 pour le faire paraître dans la revue sioniste *Selbstwehr*.

Le Souci du père de famille

1. Le titre de ce récit apparaît pour la première fois dans une Lettre de Kafka à son éditeur le 20 août 1917. Ce fut donc, selon toute apparence, un des derniers rédigés parmi les textes du recueil *Un médecin de campagne*. Il est publié, le 19 décembre 1919, dans la revue *Selbstwehr* et à peu près au même moment dans le recueil de récits.

Onze Fils

1. Il semble que ce récit est identique à celui que Kafka désigne pendant un temps sous le titre « Esprit de caste ». Ce dernier récit date apparemment des derniers mois de 1916.

Un fratricide

1. Ce récit paraît être de rédaction assez ancienne, c'est-à-dire qu'il doit remonter aux derniers mois de 1916. Il est publié en juillet-août 1917 dans le premier cahier de la revue *Marsyas*, et, à la fin de la même année, sous le titre « Un meurtre », dans l'almanach de l'éditeur Kurt Wolff, *Die neue Dichtung*. Après sa publication dans le recueil *Un médecin de campagne*, il est repris à nouveau à Berlin en 1921 dans le recueil *Die Entfaltung. Novellen an die Zeit.*

Un rêve

1. Ce petit récit, dans lequel Joseph K. rêve de sa propre mort comme d'un apaisement et d'une libération, est un des chapitres marginaux du *Procès*, que Kafka n'avait pas intégrés au texte principal de son roman, probablement parce qu'ils étaient de nature uniquement onirique.

Communication à une Académie

1. Cet assez long récit, que Kafka a placé à la fin de son recueil, date d'avril 1917. À la fin de ce mois, Kafka l'envoie avec onze autres textes à Martin Buber, qui le choisit pour le deuxième numéro de sa revue *Der Jude,* où il paraît en novembre 1917.

2. Au moment où il écrit ce récit, il y a cinq ans que durent les relations orageuses entre Felice Bauer et lui. Un terrain d'entente a finalement été trouvé ; trois mois plus tard, ils célébreront leurs secondes fiançailles. Il fallait trouver une « issue » à ces longs combats. Le singe savant, lui aussi, cherche une « issue ».

À cheval sur le seau à charbon

1. Écrit en février 1917, ce texte figure d'abord dans les listes de titres que Kafka destine au recueil *Un médecin de campagne*. Il en est cependant finalement écarté au moment de la correction des épreuves et ne paraît que le 25 décembre 1921 dans le numéro du dimanche de la *Prager Presse*.

Première souffrance

1. La date de rédaction de ce récit reste incertaine ; elle se situe entre le début d'octobre 1921 et le 1er mai 1922. Il est publié une première fois en 1922 dans la revue *Genius,* éditée par H. Mardersteig, un ami de l'éditeur Kurt Wolff. À peine Kafka l'a-t-il envoyé qu'il s'en repent, car il est convaincu de la médiocrité de son récit.

Une petite femme

1. On hésiterait sur la date de rédaction de ce récit, si Max Brod (confirmé par Dora Diamant) n'avait raconté que le « modèle » de la « petite femme » était sa logeuse à Berlin-Steglitz, Miguelstrasse 8 : or, il avait occupé cet appartement du 24 septembre au 15 novembre 1923. Ce qui, dans la mesure où on fait foi à l'affirmation de Max Brod, situe approximativement la date de la rédaction.

Un artiste de la faim

1. Ce récit fut écrit selon toute vraisemblance en 1922. Rudolf Kayser, le directeur d'alors de la *Neue Rundschau,* après en avoir fait l'éloge dans une lettre à Max Brod, se décide à le publier en octobre 1922 dans sa revue. Kafka lui-même juge son texte « tolérable » et, dans le billet qu'il adresse à Max Brod le 29 novembre 1922 pour lui demander, s'il venait à mourir, de détruire son œuvre, « Un artiste de la faim » est un des six textes, pour lesquels il accepterait éventuellement de faire une exception.

2. Certains commentateurs ont évoqué ici les quarante jours que mirent les Israélites pour traverser le désert, les quarante jours de jeûne de Moïse sur le Sinaï ou les quarante jours de jeûne de Jésus-Christ. Mais ces rapprochements sont sans doute ici gratuits.

Joséphine la cantatrice ou le Peuple des souris

1. Ce récit est écrit à Prague, au mois de mars 1924. En avril, alors qu'il séjourne dans le luxueux sanatorium Wiener Wald, où il ne restera que quelques jours, il écrit à Max Brod : « Cela coûte et, le cas échéant, continuera à coûter énormément d'argent. Il va falloir que Joséphine me vienne un peu en aide, il n'y a pas moyen de faire autrement. Propose-la, je te prie, à Otto Pick [un publiciste avec lequel Kafka était en relation] ; s'il la prend, ne l'envoie qu'ensuite à la *Schmiede* [la maison d'édition qui devait publier son dernier recueil] ; s'il n'en veut pas, envoie-la tout de suite. » Otto Pick accepta le texte, qui parut le 20 avril dans le supplément de Pâques de la *Prager Presse.* Et au dernier volume, qui ne devait contenir primitivement que trois récits (« Première souffrance »,

« Une petite femme » et « Un artiste de la faim »), on décida d'ajouter l'histoire de Joséphine, qui ne reçut qu'à Kierling (le sanatorium où Kafka allait mourir) son titre définitif : « Joséphine la cantatrice ou le peuple des souris ».

Impression S.E.P.C. à Saint-Amand (Cher),
le 30 septembre 1994.
Dépôt légal : septembre 1994.
1ᵉʳ dépôt légal dans la collection : septembre 1990.
Numéro d'imprimeur : 2361.
ISBN 2-07-038281-8./Imprimé en France.

70308

B 3 3 2 1